Torres de Malory

Enid Blyton

Torres de Malory

NUEVO CURSO

Traducción de

MIREIA RUÉ

Ilustrado por

RAQUEL MANZANARES
Y MARÍA DRESDEN

MOLINO

Papel certificado por el Forest Stewardship Council®

MIXTO
Papel | Apoyando la silvicultura responsable
FSC® C117695

Penguin Random House Grupo Editorial

Título original: *New Term at Malory Towers*

Primera edición, revisada y actualizada: enero de 2024
Primera reimpresión: mayo de 2025

Printed in Spain – Impreso en España

ISBN: 978-84-272-4045-2
Depósito legal: B-19.421-2023

Compuesto en Compaginem Llibres, S. L.
Impreso en Arcángel Maggio Europa S. L.

MO 40452

Índice

CAPÍTULO 1

De vuelta a Torres de Malory

—Darrell, ¿estás segura de que Sally y tú no queréis venir con papá y conmigo a acompañar a Felicity a la escuela? —preguntó la señora Rivers mientras untaba una tostada con mantequilla.

—Completamente —respondió Darrell con rotundidad—. Me temo que si veo **mi querida Torres de Malory** sabiendo que ya no es mi hogar, me echaré a llorar como una magdalena. ¿A ti no te pasa lo mismo?

Sally Hope, una muy buena amiga de Darrell que estaba pasando unos días junto con la familia Rivers, asintió con la cabeza.

—Exactamente lo mismo —confirmó—. Algún día me gustaría ir y ver nuestra antigua escuela, pero todavía no. Los recuerdos de todos los buenos momentos que compartimos y las amigas que hicimos aún son demasiado recientes. —Sally dejó escapar un largo suspiro—. No puedo creer que nuestros días en la escuela se hayan terminado y que ya no vayamos a regresar a Torres de Malory nunca más.

—**Oh, pobrecitas mías** —dijo el señor Rivers levantando la mirada del periódico—. Cualquiera que os oiga creerá que ya no os queda nada en la vida, pero las dos iréis muy pronto a la universidad y empezaréis una nueva etapa.

—Ya lo sé, y *estoy impaciente por empezar en la universidad* —reconoció Darrell—, pero no será tan divertido como la escuela.

—Yo creo que sí lo será, solo que de un modo diferente —intervino su hermana pequeña, Felicity—. Pensadlo bien: tendréis vuestra propia habitación, nadie os dirá cuándo hay que apagar la luz y estoy segura de que os invitarán a un montón de fiestas y bailes y...

—Y, quién sabe, incluso puede que estudiemos un poco —la cortó Sally riendo—. También nos tocará trabajar muy duro, Felicity, así que yo que tú no nos tendría tanta envidia.

—Oh, si no os tengo envidia, Sally —aseguró Felicity apartando a un lado el cuenco de cereales—. Estoy superencantada de ir a Torres de Malory y se me está haciendo muy larga la espera.

—Y supongo que tu impaciencia por regresar a la escuela no tiene nada que ver con el hecho de que por fin podrás quitarte de encima a esa *Bonnie Meadows*, ¿verdad? —dijo Darrell con astucia—. Estoy convencida de que la pobre no sabrá qué hacer cuando te vayas.

—Espero que colgarse de otra —gruñó Felicity—. Esa niña me ha arruinado las vacaciones. Con la de pueblos que hay en el país ¡y sus padres tuvieron que mudarse precisamente al nuestro!

—¡Felicity! —protestó la señora Rivers—. Eso no está nada bien, y menos aún sabiendo que esa pobre niña te adora.

Felicity, que ya había empezado a hartarse de oír hablar de la hija de los vecinos como de «esa pobre niña», levantó la mirada con exasperación y dijo:

—No, eso no es verdad. Solo se alegra de tener cerca a alguien de su edad, para variar. Estoy convencida de que se habría comportado del mismo modo con cualquiera que hubiera sido amable con ella.

—**Ahí está el problema, Felicity**: fuiste demasiado amable con ella —observó Darrell—. Hay que ser más firme con las personas como Bonnie.

—Ya lo sé —repuso Felicity con un suspiro, convencida de que a Darrell no le habría costado nada librarse de Bonnie—. Pero es que no podía ser antipática con ella... ¡A pesar de que **es un auténtico muermo**!

—Eso es lo que ocurre cuando los niños crecen envueltos entre algodones —sentenció el señor Rivers—. Estoy seguro de que Bonnie cambiaría si la mandaran a una escuela como Torres de Malory, donde estuviese con otras niñas y pudiese aprender a valerse por sí misma.

—Creía que Bonnie estaba demasiado delicada de salud como para ir a la escuela —dijo la señora Rivers.

—Puede que fuera así cuando era más pequeña —opinó el señor Rivers doblando el periódico—, pero ahora no tiene ningún problema... Salvo una madre demasiado sobreprotectora, claro.

—Y si lo dice papá... —murmuró Darrell, que pensaba que el señor Rivers era un **médico muy respetado**.

—Por supuesto —confirmó la señora Rivers—. Pero no puedo evitar sentir lástima por la señora Meadows. Debió de ser horrible para ella que Bonnie estuviera tan enferma, sobre todo teniendo en cuenta que su marido estaba fuera tan a menudo. Supongo que es normal que se haya habituado a ser sobreprotectora.

—Mamá, ¿tenemos que pasarnos mis últimos momentos en casa hablando de *Bonnie la Muermo*? —preguntó Felicity, algo cansada—. ¿No ha sido ya bastante latoso tenerla pegada a mí durante estas últimas semanas?

—Está bien, no volveremos a mencionarla —la tranquilizó la señora Rivers—. A ver, ¿estás segura de que lo llevas todo?

—Sí; *lo he comprobado dos veces* —respondió Felicity.

—Bien —dijo el señor Rivers apartando la silla y poniéndose en pie—. En ese caso, debería empezar a cargar el coche. Luego ya podremos irnos.

—Supongo que yo también tendría que aprender a valerme por mí misma —caviló Felicity dejando escapar un suspiro—. Ahora mi hermana mayor ya no estará en la escuela para cuidar de mí. *¡Me sentiré tan sola!*

Darrell se echó a reír.

—Creo que sabrás apañártelas muy bien. Y sobre eso de sentirte sola... Bueno, cada vez que quería hablar contigo cuando estábamos en la escuela te encontraba rodeada de amigas, así que seguro que estarás bien.

—**¡Tengo tantas ganas de ver a las demás!** —exclamó Felicity—. A Susan y a Pam, y a Julie y...

—¿A June? —preguntó Sally con una mirada incrédula.

—Sí, también a June —se rio Felicity—. Ya sé que puede ser un fastidio, y que no tiene pelos en la lengua, y que a veces es muy traviesa... Pero es superdivertida y me parto de risa con ella.

Como su prima Alicia, pensó Darrell.

—Bueno —dijo su hermana—, mientras no te involucre en alguno de sus planes locos y no acabes metiéndote en problemas...

—Estoy convencida de que June ha empezado a cambiar —aseguró Felicity, pensativa—. ¿Recuerdas lo mucho que se implicó en los juegos el curso pasado? **¡Y no te olvides de que le salvó la vida a Amanda!**

—Sí, June demostró tener un buen fondo —reconoció Sally— y nadie puede poner en duda su valentía, pero es de esas personas que se esfuerzan al máximo cuando algo les interesa, o cuando quieren demostrarles algo a alguien. Sin embargo, en cuanto pierde el interés o ha conseguido convencer al otro o ya no necesita seguir esforzándose..., ¡cuidado! Porque a la que se aburre o no tiene nada en lo que concentrar su atención, **¡June empieza a liarla!**

Exactamente como Alicia, pensó Darrell sonriendo para sí al recordar alguna de las bromas más atrevidas de su amiga.

Felicity se echó a reír.

—*Sí, tienes razón, Sally*. En realidad, espero que June no cambie demasiado. ¡No podría soportar que empezara a comportarse como una santita!

—No creo que debas preocuparte mucho por eso —opinó Darrell con ironía.

—Parece que esa June es una niña extraña —intervino la señora Rivers, que había estado escuchando con interés—, pero que también tiene buenas cualidades... Y no cabe duda de que **Torres de Malory** es el lugar perfecto para sacarlas a la luz.

Las tres muchachas estuvieron completamente de acuerdo, pero no quedaba tiempo para seguir hablando del tema: el señor Rivers había aparecido en la puerta.

—Felicity, he metido el baúl y la bolsa pequeña en el maletero —dijo—. Lo único que falta sois tú y tu madre y ya podremos irnos.

La niña se puso en pie de un brinco, emocionada, y salió corriendo a buscar su abrigo y su sombrero. Darrell y Sally la acompañaron hasta la puerta, junto con la señora Rivers. Cuando salieron afuera, sin embargo, Bonnie Meadows enfilaba el sendero del jardín de la casa, resuelta a no dejar marchar a su nueva amiga sin antes despedirse. ***Era una niña guapa, menuda y muy delicada***, con unos enormes ojos claros, el pelo castaño y rizado y una boca pequeña y rosada. También tenía cierto aire de fragilidad e indefensión (o, como le gustaba decir a Felicity, de tonta).

—Oh, Felicity, ¡cuánto me alegro de que aún no te hayas marchado! —exclamó con su vocecilla de niña pequeña y su ceceo—. Ya sé que nos despedimos ayer, pero tenía tantas ganas de venir a verte antes de que te fueras, y mamita sabía que no descansaría hasta conseguirlo, así que ¡aquí me tienes!

Felicity oyó un resoplido a sus espaldas y, al volverse, vio a su hermana y a Sally ahí plantadas, con una sonrisa forzada. La niña fulminó a Darrell con la mirada y, dirigiéndose de nuevo a Bonnie, le dijo en un tono exageradamente entusiasta:

—¡Sí, aquí estás! Bueno, Bonnie, ha sido fantástico poder pasar las vacaciones contigo, pero mi padre me está esperando y... ¡Oh, Bonnie, no! **¡Por favor, no llores!**

Pero ya era demasiado tarde. Las lágrimas empañaban los grandes ojos de la niña, el labio inferior le sobresalía, tembloroso, y empezó a sollozar ante la mirada incómoda de Felicity. Con una expresión de horror, Felicity se volvió hacia Darrell, que enseguida se hizo cargo de la situación. Se adelantó hacia las niñas y le pasó el brazo por encima del hombro a Bonnie mientras le decía con un tono enérgico, pero también amable:

—Vamos, Bonnie, no hay motivos para llorar. Antes de que te des cuenta, habrán llegado las vacaciones y Felicity estará de vuelta. Además, estoy convencida de que te escribirá, y muy a menudo, ¿verdad, Felicity?

—¿Qué? Oh, pues... Sí, claro. Cada semana —respondió Felicity lanzando una mirada de angustia hacia el coche mientras su padre hacía tamborilear los dedos contra el volante con impaciencia—. Bueno, **de verdad tengo que irme ya**, Bonnie, o llegaré tarde el primer día.

Le dio a su vecina una palmada en la espalda y luego, volviéndose hacia su hermana, dijo:

—*Y también te escribiré a ti, Darrell.* Me contestarás, ¿verdad? Tienes que contarme cómo os va todo en la universidad.

—Por supuesto —prometió Darrell con una sonrisa—. Vamos, vete ya o a papá le dará algo. Saluda a nuestra querida Torres de Malory de mi parte y de la de Sally, ¿vale?

Felicity corrió hacia el coche, seguida de los «hasta pronto» de Darrell y Sally, y los sollozantes «te echaré mucho de menos» de Bonnie.

—¡Adiós, Darrell! ¡Adiós, Sally! —gritaba Felicity asomando la cabeza por la ventanilla mientras su padre ponía en marcha el coche—. ¡Adiós, Bonnie! Te escribiré pronto. Y entonces emprendieron el camino... de vuelta a Torres de Malory.

Era un viaje largo y, a Felicity, que estaba impaciente por ver de nuevo a sus amigas, le estaba resultando eterno. La señora Rivers había preparado una cesta de pícnic y encontraron un lugar agradable con vistas al mar donde detenerse a comer. Felicity, sin embargo, estaba tan impaciente por reanudar el viaje que solo pudo comerse un par de bocadillos.

Tras otra hora de viaje, el coche tomó una curva y Felicity gritó:

—*¡Ahí está!* ¡Torres de Malory! ¡Ya la veo!

La niña sintió un gran orgullo al contemplar la escuela... su escuela. Torres de Malory estaba situada en lo alto de un acantilado, en un *edificio espléndido*: sus cuatro torres, una en cada esquina, le daban un aspecto señorial de castillo. El señor Rivers siguió conduciendo a lo largo de una carretera estrecha y empinada y, al cabo de un rato, cruzó la gran verja tras la que se extendían los jardines de la escuela, repletos de grupos de padres y de niñas emocionadas que no paraban de hablar. Cuando el señor Rivers apenas había detenido el coche, Felicity abrió la puerta y echó a correr por el césped.

—¡Felicity! —la llamó su madre—. Te has dejado la bolsa de viaje para esta noche. ¡Felicity! ¡Vuelve aquí!

Pero de nada le sirvió desgañitarse. Su hija se había incorporado a un grupo de alumnas de tercero que charlaban animadamente entre risas, intercambiando saludos y contándose las novedades.

—¡Felicity! **¿Qué tal han ido las vacaciones?**

—¡Hola, Nora! ¡Vaya! ¡Estás muy morena!

—¡Eh! ¿No es Pam esa de ahí, con sus padres? ¡Pam, vente aquí con nosotras!

—¿Han llegado ya las que vienen en tren? ¡Guau! **¡Es genial estar de vuelta!**

La verdad es que lo era, pensó Felicity muy contenta, contemplando a todas sus amigas. Ahí estaba la rellenita y buena de Pam, la despistada pero alegre Nora, y Julie, la aficionada a los caballos, que se había llevado su poni Jack Horner a la escuela. Y ahí llegaba otra niña delgada con el pelo corto y castaño y la nariz respingona: era Susan, la mejor amiga de Felicity. La niña la cogió del brazo y le dijo:

—¿Vamos a llevarle nuestros certificados médicos a la gobernanta y buscamos nuestro dormitorio? Así quizá nos dé tiempo a echarle un vistazo a la piscina antes de ir a cenar.

—¡Buena idea! —exclamó Felicity—. Por cierto, **¿dónde está mi bolsa de viaje?** Oh, Dios mío, me la he dejado en el coche. ¡Y me he olvidado por completo de mis padres! Espera un momento, Susan, voy a despedirme de ellos.

Felicity echó a correr hacia el lugar donde había dejado a sus padres.

—Ah, por fin te acuerdas de nosotros —dijo el señor Rivers con un brillo divertido en la mirada al ver acercarse a su hija.

—**¡Lo siento, papá!** Es que estaba tan emocionada de volver a ver a mis amigas —se disculpó Felicity hablando atropelladamente—. Susan ya ha llegado, y Nora, y Julie ha vuelto y se ha traído a su poni, y...

—Lo comprendemos, cariño —la tranquilizó la señora Rivers con una sonrisa—. Estoy muy contenta de que te guste tanto la escuela.

—¿De que me guste? **¡Me encanta!** —la corrigió Felicity, extasiada, abrazando a su madre.

La señora Rivers le devolvió el abrazo y dijo:

—Bueno, vas a escribirnos en cuanto te hayas instalado, ¿verdad? Solo para contarnos cómo estás. Y, por supuesto, a medio curso vendremos a visitarte.

En cuanto se hubieron despedido, Felicity cogió su bolsa de viaje y se encaminó con sus amigas hacia la Torre Norte. Una vez allí, se dirigieron al despacho de la gobernanta. Cada torre era como una casa independiente —con sus propios dormitorios, su comedor, su gobernanta—, y las clases se impartían en el edificio central. Las niñas de torres distintas acostumbraban a llevarse bien entre ellas, pero había cierta rivalidad amistosa; cada una se sentía muy orgullosa de su torre y estaba convencida de que era la mejor de la escuela.

En el despacho de la gobernanta, había una niña entregando su certificado médico. Las demás la observaron con curiosidad. Más que guapa era llamativa, con una larga nariz aguileña, el cabello rubio, liso y brillante, y unos ojos azules enmarcados por espesas pestañas negras que creaban un contraste impactante con su pálida melena. Habría sido muy atractiva de no ser por su **expresión arrogante y ligeramente despectiva**. «Como si algo oliera mal», observó Susan más tarde. Las alumnas de tercero se preguntaron quién era, pero antes de que pudieran satisfacer su curiosidad, la gobernanta se volvió para saludarlas y les dijo sonriéndoles de oreja a oreja:

—**¡Ah, más alumnas de tercero!** Bueno, niñas, es un placer volver a teneros de vuelta y espero que no vayáis a crearme problemas este curso. No quiero que ninguna caiga enferma o tenga algún accidente. Y, sobre todo, nada de fiestas nocturnas.

—Claro que no —dijo Nora mirándola con los ojos muy abiertos y expresión inocente—. Seremos las alumnas de tercero con mejor comportamiento de la historia de Torres de Malory.

—Todas, excepto tal vez June —añadió Julie riéndose—. Por cierto, ¿dónde está? ¿La ha visto usted, gobernanta?

—No, aún no, pero estoy convencida de que volverá, como las monedas falsas —respondió la mujer con ironía—. Entre ella y su prima Alicia, es un milagro que aún no tenga todo el pelo blanco. Bueno, niñas, entregadme vuestros certificados médicos; **¡y pobre de la que se haya olvidado el suyo!**

Por suerte, todas lo tenían. Y mientras se lo fueron presentando a la gobernanta, una a una, la niña nueva se quedó de pie a un lado, observándolas como quien contempla los animales del zoo, pensó Felicity.

Cuando la gobernanta hubo recogido todos los certificados, pareció acordarse de repente de la niña, porque se apresuró a decir:

—Ah, tengo una alumna nueva que se unirá a vuestra clase, así que os la deberíais llevar con vosotras y enseñarle la escuela. —Puso la mano en el brazo de la niña y la animó a acercarse—. **Esta es Amy Ryder-Cochrane.**

Pam, que había sido delegada de la clase el curso anterior, tomó la palabra y dijo con aire amigable:

—***Encantada de conocerte, Amy.*** Yo soy Pam Bateman y ellas, Felicity Rivers, Susan Blake, Nora Woods y Julie Adamson.

—Hola, Amy —saludaron a coro las alumnas de tercero—. Bienvenida a Torres de Malory.

La niña inclinó la cabeza con un ademán casi real, y Felicity tuvo que hacer un esfuerzo para no echarse a reír. No le gustaba mucho el aspecto de Amy, pero estaba decidida a darle una oportunidad. Ser nueva en un curso en el que todas las demás se conocen desde hace tiempo puede resultar bastante abrumador, y tal vez todo se reducía a que Amy era un poco vergonzosa. Así que le dedicó una sonrisa y le dijo:

—Si te vienes con nosotras, te enseñaremos el dormitorio. ***Gobernanta, ¿dormimos todas juntas?***

La mujer cogió una hoja de papel del escritorio y respondió:

—Sí, estáis todas en el dormitorio número nueve, junto con June, otra niña nueva llamada Winifred Holmes y Veronica Sharpe.

Luego se alejó a atender a dos alumnas de segundo. Y entonces las de tercero se miraron unas a otras con consternación.

—***¡Veronica Sharpe!*** —exclamó Nora después de soltar un sonoro gruñido—. ¡No me digáis que estará en tercero otra vez!

—Supongo que sí... Si no, no compartiría dormitorio con nosotras —concluyó Susan—. Estamos listas.

—Bueno, ¡ya está bien de charla, niñas! —las instó la gobernanta, secamente—. Marchaos a deshacer vuestras maletas... y aseguraos de guardarlo todo en su sitio.

—De acuerdo —repusieron todas a coro, y salieron obedientemente, llevándose con ellas sus bolsas de viaje.

—Supongo que ahora todo esto te parecerá un poco raro, Amy —le dijo Susan amablemente mientras subían las escaleras—. Pero no te preocupes, enseguida te acostumbrarás. **¿Has estado alguna vez en un internado?**

—¡Por supuesto! —respondió Amy con cierta afectación—. Iba a Highcliffe Hall y era un lugar de primera clase. Uno de los mejores colegios del país, y muy exclusivo.

Las alumnas de tercero, convencidas de que en el país no había mejor escuela que su querida Torres de Malory, levantaron las cejas al oírla.

—Si tan maravillosa era esa escuela, ¿por qué la dejaste para venirte aquí? —le preguntó Felicity con descaro, al abrir la puerta del dormitorio.

Amy trató de pensar deprisa. Por supuesto, no podía decirles la verdad, es decir, que ¡su padre había decidido que se había vuelto **demasiado engreída y esnob** desde que estudiaba en Highcliffe Hall! Y que el único modo de que tuviera los pies en el suelo era asistir a una escuela buena y sensata cuyas alumnas aprendieran las cosas que realmente importaban; sin embargo, en lugar de eso, arguyó:

—Bueno, la escuela estaba demasiado lejos de casa y a mis padres les resultaba muy complicado venir a visitarme el día de la fiesta de mitad de trimestre. Torres de Malory les queda mucho más cerca, así que supongo que esa es una ventaja que no tenía mi antiguo colegio.

Mientras exponía sus razones, Amy siguió a las demás hasta el interior del dormitorio y miró alrededor arrugando la nariz con desprecio.

—**Dios mío, aquí estaremos muy estrechas** —protestó mientras dejaba su bolsa de viaje en una de las camas—. En Highcliffe había solo cuatro niñas por dormitorio y teníamos mucho sitio donde dejar nuestras cosas. Bueno, y de la decoración mejor no hablar.

¡Y las demás preferían no hablar de lo que pensaban de Amy! Querían que les cayera bien y que se sintiera acogida en Torres de Malory, pero la verdad es que se lo estaba poniendo muy difícil. ¿Acaso no se daba cuenta de que lo mejor para una alumna nueva no era andar criticándolo todo de ese modo?

—Bueno, siento que nuestro nivel no llegue al de Highcliffe Hall —dijo Felicity mirándola con frialdad—, pero a mí me parece que **esta habitación es muy bonita**.

—¡Así se habla! —gritaron las demás a coro.

Y la verdad es que lo era. A pesar de las palabras de desdén de Amy, había espacio de sobra para todas las niñas. Junto a la cama, cada una tenía un pequeño armario en el que guardar sus efectos personales, así como un ropero. Las camas estaban cubiertas con hermosas colchas de un estampado floral en tonos verdes que combinaba con las cortinas de las amplias ventanas, desde las que se disfrutaba de unas vistas espléndidas de los jardines. Junto a una de las camas, había un par de zapatillas colocadas con esmero y, encima del pequeño armario, un libro. Las niñas supusieron que aquella debía de ser la de Veronica y se preguntaron dónde debía de estar.

—**No soporto deshacer el equipaje** —suspiró Nora abriendo su bolsa de viaje—. Menos mal que los baúles no los traerán hasta mañana, porque no podría enfrentarme a la idea de ordenarlo todo el primer día.

Una expresión sombría asomó en la cara altiva de Amy.

—¡No me digáis que tendremos que vaciar nosotras nuestros baúles! —protestó—. En Highcliffe Hall, teníamos doncellas que se encargaban de deshacernos el equipaje, se ocupaban de nuestra ropa y nos hacían la cama.

Pam, inclinada sobre su bolsa de viaje, dijo:

—Bueno, pues aquí tenemos que hacerlo todo nosotras.

—Exacto —confirmó Nora asintiendo solemnemente—. **Es una vida muy dura**, pero pronto te acostumbrarás. El timbre para despertarse suena a las cinco y, después de ducharnos (por supuesto con agua fría), tenemos que fregar el suelo y asegurarnos de que todo esté impecable.

Las niñas tuvieron que tragarse la risa cuando vieron a la pobre Amy, que parecía a punto de desmayarse.

—A continuación —prosiguió Felicity con una expresión muy seria—, llega la gobernanta para inspeccionarlo todo y, si no está como es debido, solo desayunamos pan y agua. ¡Con suerte!

Al oír eso, Nora ya no pudo aguantar más y dejó escapar una de sus risas explosivas. Amy, al darse cuenta por fin de que le habían tomado el pelo, se puso roja como un tomate y fulminó a las alumnas de tercero con la mirada. Pero no tuvo tiempo de replicar, porque la puerta se abrió y una niña de ojos oscuros y mirada endiablada e insolente entró pisando fuerte. **¡June estaba de vuelta!**

CAPÍTULO 2

Nuevas amigas y una vieja enemiga

Enseguida se armó un buen alboroto, y todas corrieron a rodear a la recién llegada. Puede que June fuera algo cabezota, descarada y maliciosa, pero también tenía el tipo de osadía y audacia que las demás envidiaban y que, junto con su sentido del humor y su talento innato para idear jugarretas alucinantes, la convertían en una niña muy pero que muy popular.

—¡June! ¡Ya estás aquí! ¡Qué bien!

—***¿Has venido en tren?*** ¡Nos empezábamos a preguntar dónde estabas!

—Espero que te hayas traído una maleta llena de bromas contigo.

June esbozó una sonrisa pícara.

—¡Por supuesto! Y también me he traído otra cosa: ***a una nueva alumna de tercero***.

La niña se hizo a un lado y las demás se dieron cuenta de que alguien había entrado tras ella en el dormitorio. La nueva alumna, una niña rubia de pelo corto, tenía los ojos azules y risueños, y el rostro amigable y franco. A las demás enseguida les cayó bien y no pudieron evitar pensar en lo distinta que era de Amy cuando les dijo muy sonriente:

—¡Hola a todas! **Me llamo Freddie Holmes.** Bueno, en realidad mi nombre es Winifred Holmes, pero todo el mundo me llama Freddie, así que espero que vosotras hagáis lo mismo. June no ha parado de hablarme de Torres de Malory. ¡No tengo palabras para expresar lo mucho que me alegro de estar aquí por fin!

—Ah, entonces ¿vosotras dos ya os conocíais de antes? —preguntó Julie.

—**Nos hemos encontrado en el tren** —aclaró June cogiendo a Freddie del brazo—. La señorita Peters también estaba allí y, como sabe que soy un ángel, me ha pedido que cuidara de Freddie.

Felicity la fulminó con la mirada, consciente de que, a veces, June podía ser un auténtico demonio. En ese instante, sin embargo, no había rastro de malicia en su expresión. Parecía muy contenta de estar de vuelta en Torres de Malory y encantada de haber hecho una nueva amiga.

Amy había pasado a ocupar un segundo plano y... **¡no parecía nada satisfecha!** No le interesaban lo más mínimo ni June ni Freddie... ni tampoco ninguna de las demás. Pero le encantaba ser el centro de atención y no soportaba que la ignoraran. Ella no había querido ir a esa dichosa escuela, sin embargo, ya que estaba allí, pensaba conseguir que las demás le prestasen atención. En Highcliffe Hall, todo el mundo admiraba su porte aristocrático, envidiaba sus pertenencias y la escuchaba atentamente cuando alardeaba sobre su familia rica y sus muchos contactos. Y Amy se crecía al ver la admiración y la envidia que inspiraba en las demás, porque para ella ambas cosas eran muy importantes. Las alumnas de Torres de Malory parecían mucho más sensatas que las de Highcliffe Hall, pero, aun así, estaba convencida de que pronto se convertiría en una fuente de admiración también para ellas.

Ansiosa por ser el centro de atención, abrió su bolsa de viaje y empezó a extraer el contenido, arrojándolo encima de la cama entre un festival de resoplidos y quejidos. Si armaba suficiente escándalo, ¡quizá alguna de las demás se ofrecería para deshacerle el equipaje cuando trajeran los baúles al día siguiente! Amy soltó un suspiro especialmente sonoro y June, que era muy astuta y pillaba enseguida a la gente, se la quedó mirando fijamente.

—¡Vaya! Y ***¿a quién tenemos aquí?*** —le soltó con aire divertido.

—Oh, June, esta es Amy Ryder-Cochrane —respondió Felicity—. Otra alumna nueva.

—Me temo que Amy está teniendo ciertas dificultades para adaptarse

a nuestra escuela —observó Susan lanzándole a June una mirada elocuente—. Su antiguo colegio era muy exclusivo, ¿sabes? Uno de los mejores del país, según nos ha contado.

—Pues vaya —suspiró June acercándose a Amy—. ***¡Qué duro haber tenido que venirte a Torres de Malory a pasar penurias!***

Amy miró a June con recelo. ¿Estaba siendo sarcástica? Las demás no tenían ninguna duda, y esperaban con el alma en vilo que la nueva probara la fuerza desatada de la lengua viperina de June. A la siempre bondadosa Pam, sin embargo, no le parecía justo ser demasiado dura con Amy en su primer día, así que dio un paso adelante y preguntó:

—¿Creéis que tendremos tiempo de dar una vuelta por la escuela con Amy y Freddie antes del té?

Susan le echó un vistazo a su reloj y respondió:

—No podremos enseñárselo todo, pero quizá sí acercarnos a la piscina.

—Y a los establos —añadió Julie—. Tengo que ver si Jack se ha instalado bien.

—¿Jack? —repitió Freddie, desconcertada.

—Jack es el poni de Julie —aclaró Felicity—. Su nombre completo es Jack Horner, pero sus amigos lo llaman Jack.

—***¡Un poni en la escuela!*** —exclamó Freddie—. Vaya, ¡es genial! Estoy impaciente por verlo, y la piscina, y... ¡Oh, tengo ganas de verlo todo!

—Bueno, pues espabila y deshaz la bolsa de viaje enseguida —la instó Felicity—. Y tú también, June, de lo contrario no nos dará tiempo de enseñarles nada.

Mientras las dos recién llegadas vaciaban su equipaje de mano, June se fijó en que aún quedaban dos camas libres.

—*Parece que todavía falta gente.*

—Bueno, normalmente hay diez niñas por dormitorio, pero este año solo seremos nueve —dijo Felicity—. Sobra una cama.

—Pero aquí solo somos ocho —observó June. Y entonces señaló la cama bajo la que había las zapatillas y preguntó—: ¿Quién duerme ahí?

—¡Oh, claro, tú no te has enterado, June! —exclamó Pam—. Este curso tendremos el placer de disfrutar de la compañía de Veronica Sharpe.

—Oh, genial —repuso June haciendo una mueca de disgusto—. Justo lo que necesitamos: *una esnob traviesa y lianta*. Ninguna de las alumnas de tercero del año pasado la soportaba.

—Será mejor que te andes con cuidado, Felicity —le advirtió Julie frunciendo el ceño—. ¿Te acuerdas de que tu hermana la pilló fisgoneando en la sala comunitaria de sexto el año pasado?

—Sí, lo recuerdo —respondió Felicity con una sonrisa—. Darrell le hizo redactar un trabajo acerca de la importancia de respetar a las más mayores y lo tuvo que leer delante de toda la clase de sexto. Pero *¿qué tiene que ver eso conmigo?*

—Bueno, Veronica se enfadó mucho con Darrell, pero era demasiado cobarde para vengarse de ella —dijo Julie—. Y, si aún está resentida, puede que acabe desfogándose contigo.

—Si intenta alguna de sus artimañas con Felicity, tendrá que vérselas con toda la clase de tercero en peso —advirtió Susan con su habitual lealtad.

—Y que lo digas —añadió Pam—. Vamos, no perdamos más tiempo hablando de Veronica. Vayamos a echarle un vistazo a la sala comunitaria y luego bajemos a la piscina. Y salieron del dormitorio charlando animadamente.

Cuando sus voces se disiparon escaleras abajo, la puerta del baño del final del dormitorio se abrió y alguien apareció: **¡era Veronica Sharpe!**

Veronica no había planeado escucharlas... al principio. Cuando se estaba lavando las manos, oyó entrar a las de tercero. Trató de que notasen su presencia y se dispuso a salir a saludarlas, pero al oír los comentarios de Amy, se quedó impresionada: parecía tener mucha categoría. ¿No sería fantástico ser amiga de una niña así, alguien de la alta sociedad? Mientras escuchaba, comprendió que a las demás la nueva no les había causado muy buena impresión, pero eso ya le convenía, porque así no tendría competencia. A Veronica siempre le había costado hacer amigas en la escuela, pero nunca había reconocido que el problema era en realidad su **naturaleza astuta y más bien rencorosa**. Prefería decirse a sí misma que ninguna de las niñas de Torres de Malory era lo bastante buena como para tenerla por amiga. Ahora, no obstante, había llegado una que sí lo era.

Dio un paso, decidida a encaminarse hacia la puerta, pero se detuvo de repente. Acababa de caer en la cuenta de una cosa: si se unía ahora a las demás, sabrían que las había estado escuchando y se darían cuenta de que solo quería ser amiga de Amy porque era rica y tenía prestigio. No, lo mejor sería quedarse escondida hasta que se fueran. Veronica decidió que trataría de ganarse a Amy a la hora del té; así, nadie podría acusarla de querer trabar amistad con la alumna nueva por razones inapropiadas. La niña, orgullosa de sí misma, cruzó de puntillas el baño, hacia la puerta, y aguzó el oído. Una mueca de desdén apareció en su rostro cuando oyó que las demás saludaban con entusiasmo a la horrible June. *¡Cuánto la odiaba y cuánto le gustaría darle su merecido!* Bueno, al día siguiente, pensó Veronica, cuando la señorita Peters anunciara que la había nombrado delegada de tercero, se encargaría de eso. Casi sintió un escalofrío de placer al pensarlo. Estaba convencida de que la elegirían delegada de tercero, porque ya había estado en ese curso una vez... *¡Lo que iba a disfrutar dando órdenes a todas las demás!* Y, encima, iba a tener a la niña más rica de la clase como amiga. El curso no podía haber empezado mejor.

Y entonces oyó que su nombre salía a colación y pegó el oído a la puerta con más fuerza. Su sonrisa engreída se esfumó de un plumazo cuando oyó lo que las demás pensaban de ella. *Maliciosa, falsa y cobarde.* Los ojos se le llenaron de lágrimas, lágrimas de rabia y autocompasión, y empezó a ponerse colorada por la humillación. ¡Las muy desgraciadas! En ningún momento se le pasó por la cabeza que la causa del desprecio de las niñas de tercero fuera su comportamiento pasado. ¡Por supuesto que aún estaba resentida con esa imponente Darrell Rivers! De hecho, durante las vacaciones, se había pasado horas muy dulces ideando modos diversos de vengarse de ella a través de su hermanita. Tal vez otra, al oír las palabras de desdén que le dedicaban las alumnas de tercero, se habría detenido a pensar y habría decidido cambiar la manera de actuar, pero a Veronica solo le sirvieron para que le entraran aún más ganas de vengarse de Felicity por los malos momentos que había pasado el curso anterior.

Una parte de ella quería salir del baño y enfrentarse a esas niñatas, pero si lo hacía, solo conseguiría sentirse más humillada, porque las demás descubrirían que las había estado escuchando. Y ¿qué pensaría entonces Amy de ella? No, necesitaba mantener la cabeza bien fría y no actuar con precipitación. Sintió un gran alivio cuando oyó que las demás se marchaban. **¡Por fin podía salir de su escondite!**

Al ver que tenía todo el dormitorio para ella, no pudo resistir el impulso de fisgonear un poco. Esa que estaba junto a la ventana debía de ser la cama de Felicity, porque encima del armario había una foto de ella junto con Darrell y sus padres. La familia parecía muy feliz, todos con una sonrisa de oreja a oreja, y, al coger el retrato, Veronica sintió una amargura tan profunda que tuvo que ahogar el impulso de arrojarlo al suelo y pisotearlo. Pero eso habría sido un error, porque las demás enseguida habrían sospechado de ella. Una actitud típica de Veronica, que solo veía las cosas en la medida que la afectaban a ella. No pensaba que destrozar las pertenencias de otra persona estuviera mal, sino que ¡pasaría mucha vergüenza si la pillaban!

Veronica volvió a colocar la fotografía en su sitio con sumo cuidado y se acercó a la cama que estaba justo al lado de la suya: **¿quién debía de ser su ocupante?** Encima del armario había un frasco de perfume francés de los caros y una bata rosa yacía sobre la cama, doblada con esmero. Veronica la acarició con los dedos y se estremeció al descubrir que tenía la suavidad de la seda auténtica. Solo podía ser la cama de Amy: ninguna de las otras alumnas de tercero tenía cosas tan exquisitas. **¡Qué suerte que la niña nueva hubiera elegido la cama que estaba junto a la suya!** El mal humor de Veronica se desvaneció al instante. Había tiempo de sobra para darle a Felicity una lección; al fin y al cabo, tenían todo el curso por delante. Por el momento se concentraría en hacerse amiga de Amy.

Mientras, las demás alumnas de tercero estaban ocupadas enseñando la escuela a las niñas nuevas.

A Felicity le pareció un auténtico placer mostrarle el colegio a Freddie. La nueva alumna parecía realmente emocionada de estar en Torres de Malory y soltaba gritos de admiración ante todo lo que veía; así se sintió ella en su primer día de escuela, pensó Felicity. Amy, en cambio, arrugaba la nariz ante todo.

—¿Es que aquí no tenéis una sala de estudio privada para cada una? —preguntó, sorprendida y decepcionada, cuando le enseñaron la sala comunitaria—. En Highcliffe Hall la teníamos y nos dejaban decorarla a nuestro gusto.

—Pues ahora tendrás que conformarte con una sala para todas, Amy—le dijo June—. Seguro que pensarás que encaja a la perfección con nosotras: **¡una sala comunitaria para niñas de lo más común!**

Las demás se echaron a reír, pero Amy frunció el ceño y dio media vuelta.

En los establos, Freddie se entusiasmó al ver a Jack y, después de cubrirlo de mimos, le pidió a Julie que le dejara montarlo algún día. Amy, en cambio, se negó a acercarse al animal, arguyendo que el olor que despedían los establos la ponía enferma.

Cuando llegaron a la piscina, a Freddie se le iluminó la cara y no pudo disimular las ganas de lanzarse.

—*¡Oh, es fantástica!* ¡Te entran ganas de meterte ahora mismo! Me daría un chapuzón de buena gana.

—Yo que tú no me tiraría con la ropa puesta, Freddie —se rio Nora—, a no ser que quieras ganarte una bronca de la gobernanta el primer día. Pero el clima es bastante cálido en septiembre, así que probablemente tendrás oportunidad de nadar un poco esta semana.

Las alumnas de Torres de Malory estaban orgullosas de su espectacular piscina natural: estaba excavada en la roca y se llenaba de agua del mar cuando subía la marea. Amy, sin embargo, apenas la miró y se limitó a comentar con altivez:

—En Highcliffe Hall teníamos una piscina cubierta impresionante. El agua estaba caliente, así que también podíamos nadar en invierno.

Incluso la buena de Pam empezó a exasperarse y les susurró a Felicity y a June algo enfadada:

—Si no se calla de una vez, nadará antes de lo que cree. *¡Me están entrando ganas de arrojarla al agua!*

—Ten un poco de paciencia, Pam —le dijo June echándose a reír—. Tengo una o dos jugarretas en la manga. Nuestra querida Amy no tardará en aprender que cuanto más alto se sube, más dura es la caída.

Cuando las alumnas de tercero regresaron a la Torre Norte, vieron acercarse a un grupo de niñas de sexto.

—¡Mirad! —exclamó Susan—. Es Kay Foster, la nueva delegada. ¡Y Amanda!

Amanda Chartelow había estado en sexto con Darrell el curso anterior. ***Era una deportista fantástica***, pero había fastidiado a sus compañeras con su arrogancia y su actitud altiva. La pobre Amanda, sin embargo, aprendió una lección muy dura cuando se saltó las normas de la escuela y se aventuró a nadar en el mar. Las fuertes corrientes la arrastraron contra las rocas y no se ahogó gracias a June. Por desgracia, las heridas que sufrió truncaron sus esperanzas de ir a los Juegos Olímpicos; en realidad, no pudo practicar ningún deporte durante una buena temporada y pasó una época muy dura. Lo más fácil habría sido deprimirse, o amargarse, pero Amanda le demostró a todo el mundo que su carácter era tan fuerte como su cuerpo. Casi de un día para otro perdió su arrogancia, se consagró a entrenar a las más jóvenes y se hizo a la idea de que, aunque no pudiera tener una carrera como atleta, entrenaría a las demás como profesora de educación física. Amanda se había convertido en una persona mejor y las mismas niñas que en su día no la soportaban ahora la admiraban y la respetaban. Y estaban muy contentas de ver que la cojera que le habían causado sus heridas había desaparecido.

Amanda saludó a las alumnas de tercero efusivamente y luego les dio una noticia que las entusiasmó:

—La señorita Grayling me ha nombrado capitana de los juegos. Así que espero que trabajéis duro en educación física, ***¡porque seré una auténtica tirana!***

Su rostro, sin embargo, estaba iluminado por una amplia

sonrisa, y las alumnas de tercero sabían que Amanda no volvería a ser una tirana nunca más.

—Oh, Amanda, **¡qué buena noticia!** —exclamó Felicity—. Tengo que escribir a Darrell para contárselo. Se va a alegrar mucho por ti.

—¿Cómo va la pierna? —le preguntó June, que se preocupaba por ella aún más que las demás.

June había tenido más rifirrafes que ninguna con Amanda, pero cuando le salvó la vida con tanta valentía, se creó un vínculo entre las dos y ahora sentían un gran respeto la una por la otra.

—Mejor —respondió Amanda—. Mis padres se han asegurado de que me pasara las vacaciones descansando y, aunque he estado a punto de volverme loca, debo reconocer que me ha ido muy bien. Aún no puedo practicar ningún deporte, pero los médicos dicen que no me quedarán secuelas. Bueno, ya está bien de hablar de mí. Supongo que ya os habéis enterado todos de que Kay es la nueva delegada.

—Sí, y creo que lo voy a tener muy difícil para estar a la altura de la anterior —suspiró Kay con una sonrisa.

Kay era una niña alta y morena de ojos pardos y tenía la mirada cálida, una cara graciosa y una actitud afable. A las de tercero les caía muy bien y estaban convencidas de que sería una buena sucesora de Darrell.

Cuando las niñas prosiguieron con su visita de la escuela, Susan le dijo a Felicity:

—Bueno, creo que la señorita Grayling ha hecho dos buenas elecciones en sexto. Me pregunto quién será la delegada de nuestra clase.

—***Supongo que lo descubriremos mañana*** —repuso Felicity—. No me extrañaría que fueras tú, Susan.

Su amiga se echó a reír.

—Qué curioso; iba a decir exactamente lo mismo de ti.

—No creo que la señorita Peters vaya a elegirme a mí —dijo Felicity encantada de saber que Susan pensaba que podía llegar a ser una buena delegada, pero convencida de que no estaría entre las favoritas—. A veces soy tan indecisa... Y no sé si sería lo bastante fuerte como para controlar a alumnas como June.

—¡Incluso las profesoras tienen problemas para controlar a June! —se rio Susan—. ¡Oye, quizá la nombren delegada a ella! Está claro que sería una líder con carácter.

—Sí, pero ***¡nos metería a todas en problemas!*** —observó Felicity. Luego, dejando escapar un suspiro, añadió—: Supongo que será Veronica. Al fin y al cabo, ya ha estado en tercero.

—¡Me había olvidado de ella! —exclamó Susan, consternada—. Vaya, lo pasaremos francamente mal si acaba siendo ella la delegada.

CAPÍTULO 3

La primera noche

En el comedor se había servido una cena suculenta. En cada una de esas mesas interminables había bandejas enormes de entremeses, cuencos con ensalada y deliciosas patatas con mantequilla cocidas con la piel. Y, de postre, una macedonia acompañada con nata. Cuando las niñas cruzaron la puerta, se les iluminó la cara.

Ya había dos personas sentadas a la mesa de las de tercero. Una era **Mademoiselle Dupont, una de las dos profesoras de francés de la escuela**, y la otra, Veronica Sharpe. Las niñas la miraron con cierto recelo, pero Veronica, ansiosa por causarle a Amy una buena impresión, estaba de un humor excelente y las recibió con una sonrisa generosa y un «Hola» entusiasta. Las alumnas de tercero se quedaron algo extrañadas, pero pensaron que tal vez había decidido empezar de cero, así que le devolvieron la sonrisa, dispuestas a darle una oportunidad. Veronica se fijó en las dos alumnas nuevas; una de ellas se reía y bromeaba con June: esa debía de ser Freddie. Así que la niña del pelo liso y brillante que las miraba con expresión distante tenía que ser Amy. Estaba algo apartada de las demás y, aunque ella nunca lo habría admitido, se sintió un poco perdida cuando todas empezaron a sentarse a la mesa. Así que agradeció que Veronica la cogiera del brazo y le dijera con aire amigable:

—¿Por qué no te sientas a mi lado?

—***¡Ah, bienvenidas otra vez, mes petites!*** —dijo la rellenita Mademoiselle Dupont levantando un poco la voz, dedicándoles una sonrisa generosa a las niñas—. ¡Cuánto me alegro de veros de nuevo... Felicity, Susan, Pam, Julie...! ¡Ah, y Nora! Y veo que también tenemos a alumnas nuevas. La buena de la señorita Potts me informó de que vendríais —prosiguió Mademoiselle—. Y también me dijo cómo os llamabais. Sé que una de vosotras es Winifred, y la otra...

—Es Freddie, Mademoiselle, no Winifred —la corrigió June sirviéndose una patata.

—***Tú siempre interrumpiendo*** —protestó Mademoiselle, algo incómoda—. Y sé que me estás tomando el cabello, porque Freddie es un nombre de chico.

—Quiere usted decir tomando el pelo —puntualizó June con una sonrisita, mientras las otras se reían—. Pero no es así. En serio que se llama Freddie... ¿Verdad, Freddie?

La niña asintió con la cabeza.

—Es verdad, Mademoiselle. La gente solo me llama Winifred cuando me he metido en algún lío.

A la vieja Mademoiselle le pareció muy raro que esa niña quisiera que la llamaran con un nombre de chico, pero llevaba dando clases en Torres de Malory el tiempo suficiente como para saber que las niñas inglesas podían ser muy excéntricas. Así que se encogió de hombros y suspiró:

—Bueno, no me gustaría que creyeras que te has metido en algún lío, así que te llamaré Freddie. Y tú, *ma chère* —prosiguió volviéndose hacia Amy, muy sonriente—, tú también tienes un nombre poco usual, ¿verdad?

—No lo creo, Mademoiselle —respondió la niña, algo desconcertada—. **Me llamo Amy.**

—Ah, sí, pero me refiero a tu apellido —puntualizó Mademoiselle—. La señorita Potts me lo dijo. A ver... ¿Cómo era? Algo como una de vuestras canciones infantiles inglesas. Mademoiselle frunció el ceño tratando de recordar, mientras las alumnas de tercero se miraban, desconcertadas. Amy, al cabo de un rato, dijo:

—Pero mi apellido no tiene nada que ver con ninguna canción infantil. Es Ryder...

—¡Ah, sí! ¡Ya lo tengo! —exclamó Mademoiselle descargando la mano encima de la mesa mientras las demás pegaban un brinco—. **¡Es Ryder-Cockhorse!** Como esa canción, *Ride a Cock Horse* o «Cabalga en un caballo de palo», ¿no?

Las alumnas de tercero estallaron en carcajadas. Todas salvo Amy, claro, que no podía soportar ser motivo de burla, aunque fuera sin querer. La niña se puso roja como un tomate. Incluso la amargada de Veronica tuvo que ahogar la risa, pero lo consiguió, porque no quería que la niña creyera que se estaba riendo de ella.

—«Para ver a una dama elegante en un caballo blanco» —murmuró June en cuanto las risas se disiparon, recitando uno de los versos de la canción—. Solo que Amy no montaría ni loca en un caballo blanco, porque no podría soportar el olor.

Al oír esto, las de la mesa de tercero se echaron a reír de nuevo y armaron tanto escándalo que la señorita Potts, sentada con las alumnas de primero, las fulminó con la mirada.

—Será mejor que nos calmemos un poco —advirtió Felicity—. La señorita Potts no parece muy contenta.

—La señorita Potts —explicó June al ver la expresión de desconcierto de las niñas nuevas— **es la directora de la Torre Norte**. Es bastante guay, pero no soporta las tonterías. Es la que está a la cabeza de la mesa de las de primero. Freddie echó un vistazo y, al tropezar con la mirada de esa mujer de ojos brillantes y aspecto severo, enseguida volvió la cabeza. ¡Estaba claro que más le valía no empezar con mal pie con la señorita Potts!

—Y allí —prosiguió June señalando con la barbilla la mesa de cuarto curso— está Mademoiselle Rougier, la otra profesora de francés.

Mademoiselle Rougier era muy alta, y todo lo que su compatriota tenía de rellenita Mademoiselle Rougier lo tenía de delgada. A juzgar por su aspecto, se diría que era más bien cascarrabias y, de hecho, las alumnas de cuarto parecían un poco apagadas y taciturnas.

—**¡Menos mal que tenemos a Mademoiselle Dupont en nuestra mesa!** —prosiguió June bajando la voz—. A veces le da el pronto, pero es muy divertida y encaja muy bien las bromas. Nada que ver con Mademoiselle Rougier, que no tiene ni pizca de sentido del humor.

Mientras tanto, Mademoiselle Dupont había retomado el delicado tema del apellido de Amy.

—Ryder-Cockhorse no es nada habitual... Creo que no lo había oído nunca.

—*En realidad es Ryder-Cochrane* —la corrigió Amy, muy envarada, entre las risitas ahogadas de las demás.

Veronica se dio cuenta de que Amy estaba un poco molesta y decidió aprovechar la oportunidad.

—No le hagas caso a Mademoiselle —le murmuró a la niña nueva por lo bajo—. No pretendía ofenderte; es solo que a veces se hace un lío con las palabras. En cuanto a las demás... Bueno, yo tampoco les haría demasiado caso. Me temo que tienen un sentido del humor muy infantil. Toma... —Le pasó a Amy una bandeja de fiambre y añadió—: *Sírvete tú misma.* Las cenas de aquí están muy bien y seguro que debes de tener hambre.

La verdad es que Amy estaba hambrienta, así que cogió la bandeja musitando un «gracias» y esbozó una sonrisa tímida. Veronica, muy animada, empezó a entablar conversación con la alumna nueva, haciéndole un montón de preguntas, mostrando mucho interés en sus respuestas y dejando muy clara la admiración que sentía por ella. Amy, complacida de que en esa escuela horrible hubiera al menos una persona que la valorara, y encantada de tener la oportunidad de presumir, empezó a ablandarse y acabó hablando con Veronica con bastante cordialidad.

June, sentada al otro lado de la mesa, estaba ocupada explicándole a Freddie quiénes eran otras alumnas y profesoras, pero su oído agudo captó retazos de la conversación de sus dos compañeras de clase. En otras circunstancias, habría jurado que Veronica le estaba haciendo la pelota a Amy atraída por la riqueza de su familia, pero la mayor de tercero no había estado en el dormitorio con ellas, así que acababa de conocer a Amy y no podía saber nada de ella. Quizá Veronica había cambiado y estaba siendo amable y desinteresada, pero June no las tenía todas consigo.

Mademoiselle Dupont, sin embargo, se había dejado engañar. Veronica nunca había sido una de sus preferidas, pero al ver sus esfuerzos por hacer sentir bien a la alumna nueva, la profesora de francés empezó a creer que la había juzgado con excesiva dureza.

La atrevida y pícara June, por otro lado, también parecía cuidar de Freddie. Mademoiselle Dupont sonrió para sí. Tal vez fueran excéntricas, con esa afición a las jugarretas, las bromas y los nombres extraños, pero ¡esas niñas inglesas eran buenas y tenían buen corazón!

Nora, una niña de ojos azules con una larga melena rubia, era una de las preferidas de Mademoiselle Dupont y, cuando la mujer la vio llevándose la mano a la boca para ocultar un bostezo, exclamó:

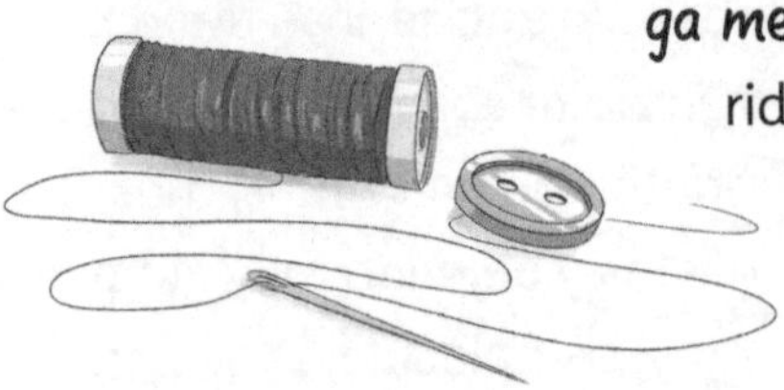

—¡Oh, *ma petite*, estás cansada! Y no me extraña... Seguro que todas debéis de estar exhaustas después del largo viaje y de las emociones intensas del primer día de escuela. En cuanto hayáis acabado de cenar, ***¡deberíais ir directas a la cama!***

Por supuesto, todas respondieron con un grito de protesta, aunque lo cierto era que estaban cansadas y probablemente iban a caer rendidas cuando llegara la hora de acostarse. Pero de eso a irse directas a la cama después del té, teniendo que hablar aún de tantas cosas y deseando alargar todo lo posible ese precioso primer día... Bueno, ¡era impensable!

—Solo las pequeñas de primero se van a la cama después

del té —dijo Felicity con cierta altivez—. Nosotras somos de tercero y nos dejan estar despiertas hasta las nueve, aunque se supone que la primera noche hay que acostarse a las ocho. **¡Y yo no pienso subir un segundo antes de lo obligado!**

Y, en efecto, estuvieron levantadas hasta las ocho, aunque a muchas de las alumnas de tercero se les cerraban los ojos. De hecho, Nora empezó a cabecear en el sofá de la sala comunitaria y Julie tuvo que darle con el codo para que se despertara.

—Vamos, dormilona —la animó la niña tirando de la quejica de Nora para que se pusiera en pie—. ¡El timbre de la hora de acostarse acaba de sonar y no puedes quedarte a dormir aquí!

—Eh, fíjate en esas dos —le dijo Felicity a Susan mientras subían juntas las escaleras—. Parece que se han hecho amigas del alma.

Unos pasos por delante iban Amy y Veronica, aún enfrascadas en su conversación. Susan se echó a reír y repuso:

—En cierto modo está bien que las dos niñas menos populares de la clase se lleven bien. Aunque no sé si esta amistad le convendrá a ninguna de las dos. Pero **¡Veronica parece decidida a pegarse a Amy como una lapa!**

—Tal como Bonnie se ha pegado a mí estas vacaciones —añadió Felicity con una sonrisa irónica.

—Ah, sí, nuestra querida Bonnie —repuso Susan esbozando una sonrisa—. ¡Supongo que has estado tan contenta de librarte de ella como ella lo estuvo de librarse de mí!

Susan había ido a pasar una semana en casa de Felicity durante las vacaciones, pero la visita no fue del todo bien. A Bonnie, que estaba dominada por los celos, enseguida le cayó mal Susan e hizo todo lo posible para hacerla sentir incómoda.

«¡Como si ella fuera mi mejor amiga y tú la que quería entrometerse en nuestra amistad, cuando es justo lo contrario!», protestó una Felicity exasperada después de una tarde particularmente complicada en la que Bonnie había sido muy desagradable con Susan. Por suerte, Susan era muy sensata y no quiso discutir, así que se limitó a reírse de Bonnie.

—***¡Dios mío, cuánto me odiaba!*** —exclamó al entrar en el dormitorio—. No pude evitar que me diese un poco de lástima. No es vida eso de no poder ir al colegio, y hacer amigas y compartir con ellas los momentos alegres y felices.

—Oh, pero ahora Bonnie ya está bien para asistir a la escuela —observó Felicity—. Es solo que su madre no la deja. De verdad, Susan, creo que la señora Meadows es la mujer más tonta que he conocido en mi vida. Si no estuviera tanto encima de Bonnie y la mimara de ese modo, probablemente su hija podría acabar siendo bastante pasable.

—Bueno, gracias a Dios que nuestros padres han tenido el buen juicio de mandarnos a una escuela como Torres de Malory —suspiró Susan—. ***¡No me imagino en otro lugar!***

Las niñas se pusieron el pijama a toda prisa, se cepillaron los dientes y se metieron en la cama. June y Freddie, sin embargo, estaban tan alborotadas que siguieron hablando incluso después de que se apagaran las luces.

—***¿No podríais callaros y dormir?*** —protestó Nora, muy cansada—. Se me habían cerrado los ojos y me habéis despertado de nuevo.

—*Lo siento mucho, Nora* —se disculpó June—. No queríamos molestar.

Pero, al cabo de un instante, la voz de Freddie se oyó de nuevo, seguida de un escandaloso estallido de risas procedente de la cama de June. Al oírlas, Veronica frunció el ceño en la oscuridad. Como iba a ser la nueva delegada de la clase, le correspondía a ella velar para que esas dos obedecieran las normas, y allí no se podía hablar después de que se apagaran las luces. Más valía empezar a actuar como debía, decidió, y demostrarles que no estaba dispuesta a tolerar tonterías, así que se sentó en la cama y dijo secamente:

—Vosotras dos, June y Freddie: *¡a dormir ahora mismo!* Sabéis muy bien que no está permitido hablar después de que se apaguen las luces y, si no obedecéis, ¡tendré que dar parte a la señorita Peters!

Nora no era la única que empezaba a hartarse de la cháchara de June y Freddie: a varias niñas les molestaba que ese par no las dejaran dormir. De hecho, Susan había estado a punto de decirles que se callaran de una vez. Sin embargo, ninguna de las alumnas de tercero estaba dispuesta a recibir órdenes de Veronica, al menos hasta que se anunciara oficialmente que la habían nombrado delegada, así que todas se rebelaron al unísono.

—¡Chivata! —le gritó Julie.

—*Tú no eres la delegada de la clase* —le espetó Susan—. No tienes ningún derecho a decirnos lo que debemos hacer.

—Además, he oído que le susurrabas algo a Amy después de que se apagaran las luces —añadió Felicity, indignada—. Y si te has callado ha sido solo porque se ha dormido. ¡Hipócrita!

Las mejillas de Veronica se pusieron rojas de rabia y siseó:

—***Felicity Rivers, ¿cómo te atreves a hablarme así?*** Soy las más mayor de la clase y considero mi deber...

—¡Bah! —le interrumpió June bruscamente incorporándose de repente en la cama—. Tú no tienes sentido del deber, Veronica. Lo que tienes es un sentido exagerado de tu propia importancia. Mira, aunque ya hayas pasado un curso en tercero, no tienes ningún derecho a dar órdenes a las demás. Eso solo puede hacerlo la delegada de la clase y ¡dudo mucho que vayas a ser tú! La señorita Peters te conoce demasiado bien.

Veronica abrió la boca para replicar, enfadada y herida, pero entonces las niñas oyeron ruido de pasos procedentes del pasillo y la puerta se abrió: la silueta de la señorita Potts apareció en el quicio.

—***¡Ya está bien, niñas, basta de cháchara!*** —ordenó con contundencia—. Comprendo que estéis emocionadas por haberos reunido de nuevo, pero si no os dormís, mañana por la mañana no serviréis para nada. ¿Quién es la responsable del dormitorio? Oh, nadie, claro; aún no se ha nombrado la delegada de la clase. Bueno, Pam, como el curso pasado eras tú, esta noche te nombro responsable; encárgate de cualquiera que se salte las normas. Buenas noches a todas.

—Buenas noches, señorita Potts —respondieron a coro acurrucándose en la cama cuando la puerta se cerró detrás de la profesora.

—Muy bien —susurró Pam—; la señorita Potts tiene razón. Mañana no podremos concentrarnos si no nos dormimos, así que silencio.

—*Lo que tú digas, Pam* —repuso June dócilmente.

Veronica, que seguía frunciendo el ceño, sabía muy bien lo que había detrás de ese despliegue repentino (e inusual) de sumisión por parte de June: era su modo de decir que había que aceptar el liderato de Pam, pero no el de Veronica. Por primera vez, a la veterana le asaltó la duda. *¿Y si June tenía razón y la señorita Peters no la nombraba delegada a ella?* Vale, nunca había sido una de las preferidas de la profesora, pero ¿no iba la señorita Peters a considerar la posibilidad de nombrar delegada a una de esas tontas? Ninguna de ellas valía para mandar. Ni la atrevida de June ni la despistada de Nora, eso estaba claro. Pam ya había tenido su oportunidad y a Julie la absorbía tanto ese caballo suyo que no podía concentrarse en nada más. Al ser nuevas, ni Amy ni Freddie serían candidatas, así que solo quedaban la insolente de Felicity y la santita de su amiga, Susan. Veronica frunció los labios con desprecio, *¡como si alguna de ellas tuviera la autoridad necesaria para dirigir la clase de tercero!*

Al haber descartado a sus nuevas compañeras de clase como rivales, Veronica se sintió mejor. La señorita Peters no permitiría que sus sentimientos influyesen en su decisión, de eso Veronica estaba segura. La señorita haría lo mejor para la clase de tercero... Y lo mejor, pensó absolutamente segura, era nombrarla delegada a ella.

CAPÍTULO 4

La nueva delegada

El primer día de Amy en Torres de Malory no empezó con buen pie. Veronica contemplaba admirada el modo en el que Amy se cepillaba con esmero su brillante melena y se la recogía en una trenza gruesa, rematada con una preciosa cinta calabaza a juego con el uniforme de la escuela.

—Estás preciosa, Amy —le dijo Veronica con entusiasmo—. **¡Cuánto me gustaría tener el pelo tan brillante como lo tienes tú!**

—No sé cómo se puede estar preciosa dentro de este horrible uniforme —protestó Amy frunciendo el ceño ante la imagen que veía reflejada en el espejo—. El que llevábamos en Highcliffe Hall era mucho más bonito. Nos dejaban ponernos...

—No me lo digas —la interrumpió June, que había estado escuchando la conversación de sus compañeras con todo el descaro—. Os dejaban bajar a desayunar vestidas con traje de gala y ataviadas con una tiara.

—Estaba hablando con Veronica, no contigo —replicó Amy, envarada, mirando a June con el ceño fruncido.

Luego se volvió para rebuscar en el pequeño joyero que

guardaba en el armario, de donde extrajo un elegante brazalete de dijes.

—Escucha, Amy, ***¿no pensarás ponerte esto para asistir a clase?*** —le preguntó Veronica con cara de preocupación.

—¡Por supuesto que sí! —respondió la alumna nueva—. ¿Por qué no?

—Bueno, se supone que no debemos llevar joyas sofisticadas —le aclaró Veronica—. Probablemente la señorita Peters te obligará a quitártela.

Las alumnas de tercero que oyeron el comentario sonrieron. Todas pensaban lo mismo: ¡qué raro ver a Veronica advirtiéndole a alguien que podía tener problemas! En cualquier otra ocasión, se habría mordido la lengua, porque nada la complacía más que ver a alguien recibiendo una buena bronca. Pero Veronica estaba decidida a convertirse en amiga de Amy (en su mejor amiga) y eso significaba que no podía dejar que la niña provocara la ira de la señorita Peters sin al menos tratar de evitarlo. Amy, no obstante, no parecía muy agradecida. Se limitó a encogerse de hombros y se colocó el brazalete en la muñeca.

—***¡Menuda idiotez de norma!*** —exclamó con arrogancia—. Seguro que la señorita Peters ni siquiera se da cuenta de que la llevo.

—«Con anillos, collares y pulseras… —coreó June con voz cantarina—, ¡las broncas serán severas!».

Las demás se echaron a reír con ganas al oír el verso de June, pero Amy se puso roja como un tomate. Sería muy humillante que la señorita Peters la echara de clase por llevar esa pulsera. A regañadientes, se alejó de las demás y la devolvió al joyero.

Veronica se fijó en el retrato que su nueva amiga había colocado en el armario y, con la intención de apaciguarla, le dijo muy risueña:

—***¿Son tus padres?*** ¡Dios mío, tu madre es muy guapa! Y tu padre, muy atractivo.

La mujer de la fotografía era realmente hermosa, pero no se parecía demasiado a Amy: era morena, y tenía una naricita respingona y unos enormes ojos verdes. Era evidente que Amy había heredado el aspecto de su padre, un hombre de aire muy distinguido. Sus facciones eran muy similares a las de su hija y también tenía el cabello claro.

Amy enseguida se animó al oír las alabanzas que su compañera les dedicaba a sus padres.

—Son una pareja atractiva, ¿verdad? —dijo—. Tienes que conocerlos cuando vengan a visitarme a mitad de trimestre, Veronica. Oye, ***¿no sería genial que tus padres hicieran buenas migas con los míos?***

La idea provocó en Veronica sentimientos encontrados. Por un lado, estaba impaciente por conocer a la atractiva madre de Amy y a su apuesto padre. Pero, por el otro, le costaba imaginarse a sus padres, gente trabajadora y con los pies en la tierra, trabando amistad con los Ryder-Cochrane. Por el amor de Dios, ¡si no tenían nada en común! De hecho, los padres de Veronica a veces la avergonzaban un poco en la visita de mitad de trimestre. Así que la niña empezó a darle vueltas a la posibilidad de ideárselas para que no fueran a verla.

—¡Amy! —gritó Pam—. ¡Ya casi es la hora del desayuno!

Será mejor que dobles bien el camisón y hagas la cama antes de bajar.

La niña, que no había hecho una cama en toda su vida, la miró desafiante, pero Veronica, siempre dispuesta, se plantó a su lado en un abrir y cerrar de ojos y le dijo:

—Amy, tú dobla el camisón y deja que yo me encargue de hacerte la cama.

—**¡Oh, no! ¡De eso nada!** —resolvió Pam con firmeza—. Amy es perfectamente capaz de hacerse la cama ella sola.

—La verdad, Pam, no veo que sea asunto tuyo que yo decida ayudar a Amy —replicó Veronica.

—Es asunto mío porque la señorita Potts me ha nombrado responsable del dormitorio..., aunque solo sea temporalmente. Y no entiendo por qué Amy debería librarse de hacer sus tareas.

Pam era una persona buena y pacífica, pero ¡nunca se tomaba a la ligera sus responsabilidades!

—Pero, Pam, es que no sé cómo se hace una cama como es debido —protestó Amy mirándola con aire suplicante—. No tengo ni la más remota idea de doblar bien las esquinas, como lo habéis hecho todas. **¿No podría Veronica enseñarme cómo se hace para que mañana pueda hacerlo yo sola?**

—Está bien —accedió Pam—. Pero espabilad o llegaremos tarde al desayuno.

Amy se dio la vuelta, y Pam no pudo ver la sonrisa de suficiencia que esbozó la alumna nueva. Veronica ya había alardeado delante de su amiga acerca de lo convencida que estaba de que la nombrarían delegada y, por tanto, también responsable de dormitorio. Y, si decidía hacerle las tareas, nadie tendría autoridad para impedírselo.

—**Bien hecho, Pam** —dijo Susan en voz baja—. Habrá que poner a Amy en vereda si queremos que se adapte a Torres de Malory.

—Sí, pero de nada servirá que las demás nos esforcemos en hacerla entrar en razón si Veronica lo echa todo a perder encargándose de sus tareas y diciéndole lo estupenda que es —observó Felicity, frunciendo el ceño, mientras Veronica le hacía la cama a Amy—. Es que no lo entiendo: nunca me habría esperado que Veronica fuese capaz de ayudar a alguien, pero la verdad es que se esfuerza muchísimo para ser amable con Amy.

—Pero ¡si está claro como el agua! —exclamó June con aire burlón—. Veronica quiere hacerse amiga de Amy porque es rica y está bien relacionada. **¡Es una esnob repelente!**

—June, estaría de acuerdo contigo —dijo Pam— de no ser por el detalle de que Veronica empezó a relacionarse con Amy a la hora del té... Y entonces no sabía que era rica ni que tenía buenos contactos.

—Eso es verdad —reconoció Susan—. Quizá Amy le cae bien y quiere ser su amiga de verdad.

—¡No creo que Veronica haya tenido una auténtica amiga en toda su vida! —declaró June con total franqueza—. Solo es amable con las personas cuando le conviene.

—**¡Eso es muy fuerte, June!** —protestó Felicity—. Ya sé que Veronica no ha contribuido demasiado a que nos formáramos una buena opinión de ella, pero ¡no puede ser tan mala!

June se echó a reír.

—Esto es típico de ti, Felicity. Siempre tratas de ver la parte buena de las personas..., ¡aunque no la tengan!

Lo dijo como si intentar encontrar el lado positivo de la

gente fuera un defecto más que una virtud, y como si Felicity estuviera siendo ingenua e incluso tonta. La hermana de Darrell se sintió algo incómoda y agradeció que su amiga Susan dijera, poniéndole la mano en el hombro:

—Eso debería alegrarte, June, porque significa que *Felicity es capaz de ver algo bueno incluso en ti*.

June se echó a reír al oír el comentario, y se fue a charlar con Freddie, mientras Susan le susurraba a Felicity:

—No le hagas caso. A mí me parece bonito que siempre estés dispuesta a ver lo mejor de la gente.

—Es posible —repuso su amiga haciendo una mueca—. Pero no siempre es fácil. Especialmente con gente como Veronica y Amy... ¡E incluso como la propia June!

Kay Foster se acercó a la mesa de las de tercero cuando las niñas estaban terminando de desayunar y les dijo con aire amigable:

—¡Hola! Freddie, Amy, ¿podríais acompañarme al despacho de la señorita Grayling, por favor?

—¡Dios mío! *¿No me digas que ya nos hemos metido en algún lío?* —exclamó Freddie con una mirada de consternación.

—No te preocupes, Freddie —se rio Felicity—. No os habéis metido en ningún lío. La señorita Grayling siempre recibe a las alumnas nuevas el primer día, y habla con ellas un rato.

—Seguro que lo que os dirá te ayudará —le dijo Veronica a una Amy visiblemente ansiosa—. Yo todavía recuerdo sus palabras. Amy, si quieres voy contigo y te espero fuera del despacho de la directora, para que no te pierdas camino de clase.

Cuando Kay se marchó acompañada de Veronica y las alumnas nuevas, June se volvió hacia las demás y les dijo en voz baja:

—Gracias a Dios que Veronica se ha ido. Escuchadme todas: ***en el dormitorio tengo una caja de bromas*** que me dio mi prima Alicia. Aún no la he abierto... Ahora disponemos de un ratito antes de que empiecen las clases. ¿Qué os parece si subimos y le echamos un vistazo?

—¡Oh, sí! —exclamó Nora batiendo palmas, visiblemente emocionada.

—¡Sería genial! —dijo Felicity, entusiasmada.

—Yo tengo que ir a los establos a ver a Jack —suspiró Julie frunciendo el ceño—. ¡Vaya! Me habría encantado ver esas bromas. ¿No podríamos subir a la hora del patio?

—No. No quiero abrir la caja cuando Veronica esté por ahí —arguyó June negando con la cabeza—. Si ve que desaparecemos a la hora del recreo, seguro que se olerá que tramamos algo y empezará a meter las narices como siempre.

—Vamos, Julie, ¡has visto a Jack antes de desayunar! —le dijo Pam—. Estoy segura de que no se va a morir de añoranza si no vas a visitarlo también después del desayuno.

—Sí, mejor ve a hacerle unas caricias a la hora del patio —propuso Susan—. Vamos, Julie, vente con nosotras a ver las bromas de June... ***¡Será muy divertido!***

Julie dejó que la convencieran y todas corrieron escaleras arriba, hacia el dormitorio. Una vez allí, June sacó una caja de cartón de debajo de la cama.

—Es una lástima que Freddie no pueda estar aquí —suspiró Felicity—. Me da la sensación de que es de las que saben apreciar una buena broma.

—Lo es —confirmó June con una sonrisa—. Freddie era la bromista de la clase en su antigua escuela y hemos pensado formar equipo y hacer todo tipo de jugarretas este curso.

Las niñas se miraron entusiasmadas: **¡eso sonaba de maravilla!**

—Más tarde me escabulliré hasta aquí con ella para enseñarle lo que hay en la caja —dijo June—. Bueno, ¡abrámosla para saber lo que contiene!

Las niñas se apiñaron alrededor y, cuando June fue sacando los objetos del interior de la caja, se oyeron una retahíla de «oh» y «ah».

—¡Alicia es genial! —exclamó Felicity cogiendo una araña de goma que parecía real—. ¡Vaya! **¡Menudo susto podríamos darle a Mademoiselle con esto!**

Pero lo más interesante con diferencia era una pastilla blanca de jabón de aspecto totalmente normal que estaba envuelta en un papel rosa con una etiqueta pegada. Mientras todas observaban el objeto con desconcierto, June empezó a leer lo que había escrito en la etiqueta.

—¡Escuchad esto! —exclamó soltando una sonora carcajada—: «Después de media hora de haber usado este jabón, aparecen manchurrones de barro en las manos y la cara». **¡Es genial!**

—¡Y que lo digas! —dijo Nora entre risas—. Tenemos que decidir con quién la probamos.

—Creo que ya lo tengo —repuso June con una sonrisa pícara—. ¿Os imagináis a nuestra querida Amy entrando en el comedor a desayunar sin saber que tiene pinta de llevar una mascarilla de arcilla en la cara?

Las demás se la imaginaban muy bien, y se sonrieron mutuamente, con los ojos brillantes por la anticipación.

—*¡Hagámoslo mañana mismo, June!* —le rogó Julie.

La niña, sin embargo, sacudió la cabeza.

—Es demasiado pronto —resolvió—. Siempre he creído que es mejor gastar las bromas cuando ya hace unas semanas que ha comenzado el curso y todo el mundo empieza a aburrirse.

—Buena idea —dijo Pam mientras June volvía a esconder la caja debajo de la cama—. Así esperaremos algo con ilusión. Bueno, ¡será mejor que nos espabilemos o llegaremos tarde! *¡Y seguro que a la señorita Peters no le hará ninguna gracia!*

Las niñas se encaminaron hacia uno de los largos edificios que conectaban las cuatro torres y se encontraron con sus nuevas compañeras de clase. Amy, Freddie y Veronica ya estaban allí, así como también las demás niñas de las otras tres torres. Las alumnas que se alojaban en la **Torre Norte** las saludaron efusivamente y luego se sentaron. June se alegró de que Freddie se las hubiera arreglado para conseguir un sitio en la codiciada última fila, y enseguida se sentó a su lado. Felicity y Susan ocuparon los pupitres que había justo delante de las dos nuevas amigas, mientras que Pam, Nora y Julie encontraron tres asientos juntos al otro lado del pasillo. Veronica y Amy, por supuesto, se pusieron juntas, delante de toda la clase, y, cuando las niñas que venían de las Torres Sur, Este y Oeste fueron llegando, todos los escritorios que aún quedaban libres se fueron ocupando. Un murmullo de voces llenaba el aula mientras las alumnas hablaban las unas con las otras; al cabo de un rato, Anne, una niña de la Torre Oeste que se había quedado junto a la puerta para hacer guardia, siseó:

—¡Chist! ¡Ya viene la señorita Peters!

Enseguida se impuso el silencio y todas las alumnas de tercero se levantaron cuando vieron entrar en clase a una mujer joven de aspecto masculino, con el cabello corto y las mejillas sonrojadas.

—Buenos días, niñas —les dijo secamente mientras descargaba sobre el escritorio el montón de libros que llevaba bajo el brazo.

—Buenos días, señorita Peters —respondieron las niñas educadamente mientras la observaban con interés.

—La señorita Peters es de buena pasta —le había dicho Darrell a Felicity—, pero tiene mucho carácter. No tolera que nadie haga tonterías en sus clases y si algo la saca de sus casillas es la gente que trata de engañarla o engatusarla.

Lo cierto es que parecía una persona **amable y agradable**, pensó Felicity mientras la profesora le dedicaba una sonrisa a toda la clase.

—Podéis sentaros, niñas —les indicó con su voz grave—. Bien, antes de ponernos a organizar los horarios y a repartir los libros... Bueno, estoy segura de que todas estáis impacientes por saber quién será la delegada de la clase.

Un murmullo de excitación recorrió el aula y Veronica enseguida se enderezó en la silla con una expresión engreída en el rostro.

—Mira a Veronica —le susurró June

a Freddie—. Dios mío, ¡cuánto me gustaría borrarle esa sonrisa de suficiencia de la cara!

—¡Silencio, por favor! —ordenó la señorita Peters fulminando a June con la mirada—. Bueno, ha sido una decisión difícil, pero lo he discutido tanto con la señorita Potts como con la señorita Parker y **hemos decidido que la delegada de tercero sea Felicity Rivers**.

La verdad es que la decisión no había sido fácil. La señorita Peters y la señorita Parker, que era la profesora de segundo y que conocía muy bien a las niñas, habían reducido las candidatas a Susan y Felicity, y les había resultado muy complicado elegir a una de las dos.

—Creo que ambas serían delegadas excelentes —había dicho la señorita Parker—: son sensatas y tienen buen corazón. No sé cómo vamos a tomar una decisión.

Por suerte, la señorita Potts entró en la sala de profesores y la señorita Peters le pidió su opinión al respecto.

—Al ser la responsable de la Torre Norte, conocerá muy bien a las dos niñas. **¿Qué opina?**

La señorita Potts se sentó y se mostró pensativa:

—No cabe duda de que Susan tiene más confianza en sí misma que Felicity. Sin embargo, siempre he pensado que la joven Felicity ha quedado un poco eclipsada por su hermana mayor. Darrell era tan popular y tuvo tanto éxito en Torres de Malory (especialmente durante su último curso, en el que fue delegada) que Felicity ha sido siempre conocida como su hermana pequeña y no ha podido madurar ni ganar confianza en sí misma. Siempre ha sido más insegura que Darrell y menos firme en sus opiniones. A pesar de ello, es una personita fuerte y resuelta y, ahora que Darrell se ha marchado, creo que a Felicity le ha llegado el momento de brillar. Estoy convencida de que si la nombráramos delegada, sabría aprovechar la oportunidad y le sacaría el máximo partido. **Creo que tiene mucho que ofrecer a la escuela**. Por supuesto —añadió—, Susan también lo haría bien, y la decisión tiene que ser suya, señorita Peters.

—Creo que tiene usted razón, señorita Potts —dijo la señorita Parker, que había estado escuchando las palabras de la profesora con mucha atención—. Con solo un poco más de confianza en sí misma, intuyo que a Felicity podría irle tan bien en Torres de Malory como le fue a Darrell. No cabe duda de que le sobran cualidades.

—Muy bien —concluyó la señorita Peters—. Entonces, Felicity Rivers.

—Me temo que Veronica Sharpe se llevará una gran desilusión —dijo la señorita Potts con indiferencia—. Está muy convencida de que el puesto es suyo.

—¡Pues a mí nunca se me había pasado por la cabeza nombrarla a ella delegada! —observó la señorita Peters sonriendo con cierto desprecio—. Me temo que esa muchachita tiene mucho que aprender antes de poder ocupar un cargo de responsabilidad. ¡No habría sido una elección nada popular!

Felicity, en cambio, no podía serlo más: todas las alumnas la felicitaron efusivamente y armaron en clase un buen guirigay.

—¡Bien hecho, Felicity!

—***¡Genial! ¡Vas a ser una delegada estupenda!***

—¡Qué guay! ¡Tus padres estarán superorgullosos!

June, encantada al ver la expresión de horror de la cara de

Veronica, aclamó a Felicity levantando la voz aún más que las demás y exclamó, dándole a la nueva delegada una palmada en la espalda:

—*¡Felicidades, Felicity! Me alegro mucho por ti.*

Solo hubo dos niñas que guardaron silencio. Una, por supuesto, era Veronica, que estaba tan ofendida que no podía expresarlo con palabras: entre todas las niñas, ¡le habían concedido a Felicity Rivers el honor que ella tanto anhelaba! ¡Incluso habría preferido que hubieran nombrado delegada a la insoportable de June! Y lo peor era que, la noche anterior, había estado alardeando ante Amy acerca de su futuro puesto de delegada. *¿Por qué no habría mantenido la boca cerrada?*

¡La otra niña incapaz de articular palabra era la propia Felicity! Por un momento, creyó haber oído mal a la señorita Peters cuando la mujer había pronunciado su nombre. Pero entonces Susan se había arrojado a sus brazos con tanto ímpetu que casi la tiró de la silla y, al oír retumbar los gritos de entusiasmo y las felicitaciones, se había dado cuenta de que era cierto: ella, Felicity Rivers, ¡era delegada de tercero! Creyó que iba a estallar de satisfacción y felicidad. ¡Tenía que escribir a sus padres esa misma noche (y, por supuesto, también a Darrell) para darles la buena noticia! Dios, *¡qué orgullosos estarían de ella y qué entusiasmados!* Y ese curso iba a ser genial. Felicity se juró a sí misma que sería la mejor delegada que la escuela había tenido jamás..., ¡incluso mejor que Darrell! Todo iría bien mientras ella estuviera al cargo, no pasaría nada malo y no habría ningún problema.

Pero Felicity se equivocaba, porque ¡los problemas de tercero estaban a punto de empezar!

CAPÍTULO 5

Una sorpresa para Felicity

La primera semana del curso pasó volando. En Torres de Malory, las niñas llevaban una vida feliz repleta de actividades, en la que apenas les quedaba tiempo para aburrirse o echar de menos sus casas. A pesar de ello, sin embargo, también había tensiones. Amy seguía con su actitud estirada y distante, y miraba por encima del hombro a todo el mundo salvo a Veronica, a la que había concedido el privilegio de ser su amiga. La niña, sin embargo, estaba más amargada que nunca desde que Felicity había sido nombrada delegada.

—**Parece que esas dos han formado su propio club privado**—observó Nora un día.

—Sí, aunque no comprendo por qué Veronica se siente tan superior a las demás —dijo Julie, bastante indignada—. El curso pasado vi a sus padres y la verdad es que son normales y corrientes.

—Parece que, al unirse a Amy, Veronica se ha convertido en un ser superior —opinó June con aire cansino—. O al menos eso cree ella. **Y cuanto más tiempo pasen juntas, más empeorará la cosa.**

Felicity estaba totalmente de acuerdo con June en eso y

hacía todo lo que podía para que las dos niñas se relacionaran con las demás alumnas de la clase, pero todos sus esfuerzos habían sido en vano. Felicity se lo comentó a Susan esa tarde, a la hora del té.

—Siento que mi responsabilidad es hacer algo con esa relación —le dijo, en voz baja—. No se convienen en absoluto la una a la otra: Veronica no hace más que alimentar en Amy la creencia de que está por encima de las demás, y, mientras tenga a Amy de amiga, no moverá un dedo para relacionarse con nosotras y cada vez será menos popular.

—Sí, pero **¿qué puedes hacer tú para cambiarlo?** —le preguntó Susan con sensatez—. ¿Ordenarles que no sean amigas?

—No, pero puedo tratar de pensar en algo —respondió Felicity levantando el mentón con determinación.

Susan se rio. No dudó ni por un momento de que su amiga conseguiría lo que se proponía, porque siempre había sabido que Felicity tenía un carácter fuerte. Y ahora que era delegada de la clase ese carácter saldría a la luz.

—¡Eh, mirad! —gritó Nora, que estaba sentada enfrente de las dos amigas—. **La señorita Potts acaba de aparecer con una niña nueva.** Una de primero, a juzgar por la pinta, porque ¡apenas se la ve!

—Pobrecita —dijo Pam, con empatía—. Debe de ser muy estresante entrar en una sala llena de gente que no conoces. Al menos las alumnas de primero acostumbran a ser buenas y seguro que cuidarán de ella.

Felicity y Susan, que estaban sentadas de espaldas a la puerta, se volvieron, impacientes por ver a la recién llegada. Felicity, que acababa de meterse en la boca un bocado de pastel de frutas, se atragantó y Susan ahogó un grito.

Torres de Malory
¡BIENVENIDA,
BONNIE!

—¡Bonnie! —exclamó Felicity, horrorizada—. **¡Susan, es Bonnie!**

—Sí, ya lo veo —murmuró su amiga nada entusiasmada.

En efecto: la niña que caminaba junto a la señorita Potts con los ojos abiertos como platos no era otra que la vecina de Felicity, Bonnie Meadows. En ese instante, localizó a Felicity con la mirada y, tras soltar un grito de emoción, la niña zigzagueó entre las mesas para reunirse con las alumnas de tercero.

Las niñas se la quedaron mirando, asombradas, cuando chilló:

—¡Felicity! ¿No estás sorprendida de verme? —Luego, sin darle a su amiga la oportunidad de responder, añadió rápidamente—: **¡Te echaba tanto de menos que no podía soportarlo!** Entonces papá regresó de uno de sus viajes al extranjero y se quedó muy preocupado al ver que no era la misma de siempre. Así que le planteó a mamá la posibilidad de mandarme aquí para que pudiera estar contigo; enseguida llamaron a la señorita Grayling y lo prepararon todo en un santiamén.

Cuando Bonnie se detuvo por fin para tomar aliento, June, que había estado contemplando la escena con una expresión divertida sin perderse las miradas de estupefacción de Felicity y Susan, dijo con dulzura:

—Qué suerte, Felicity, que puedas tener a otra amiga aquí. **¡Preséntanosla!**

—Esta es Bonnie Meadows —dijo Felicity haciendo de tripas corazón—. Es mi vecina.

—Bueno, ¡estupendo! —exclamó la señorita Potts, que había seguido a la alumna nueva hasta allí y lo había oído todo—. Bonnie se sentirá como en casa si tú puedes cuidar de ella, Felicity. **Encárgate tú de ayudarla a instalarse.**

Felicity, dejando a un lado sus sentimientos, se apresuró a presentar a la niña nueva a las demás alumnas de tercero y a Mademoiselle Dupont, que se había quedado encantada con esa recién llegada de aspecto angelical.

—¡Susan! —dijo—. Por favor, ¿podrías ir a la cocina y pedirles otro plato para *la petite* Bonnie? Y tal vez podríamos tomar también un poco más de tarta, porque las glotonas de tercero se lo han zampado todo y no han dejado nada para la pobre niña. Siéntate, *ma chère*: seguro que estarás cansada y hambrienta después del viaje.

Cuando Susan se marchó a la cocina, obedeciendo a Mademoiselle Dupont, Bonnie le dedicó una dulce sonrisa a la profesora de francés y le dio las gracias con mucha educación. Luego se acomodó en la silla que Susan había dejado libre, al lado de Felicity, y Pam le sirvió una taza de té.

Mientras, las demás se dedicaron a evaluarla. A Nora, que, gracias a su aparente expresión inocente, sus enormes ojos azules y su mata de cabello rubio y vaporoso, se había convertido en una de las eternas preferidas de Mademoiselle, no le gustó demasiado que la profesora de francés le dedicara tantas atenciones a la niña nueva. **A Pam le pareció bastante dulce, pero Veronica la consideró más bien tonta e infantil.** Las demás, en su mayoría, concluyeron que no podía ser tan mala si era amiga de Felicity y estuvieron dispuestas a darle una oportunidad. Felicity y Susan, por supuesto, se quedaron totalmente consternadas ante el giro de los acontecimientos, y la pobre Susan parecía contrariada cuando regresó de la cocina cargada con una bandeja de pasteles y sándwiches.

—Muchas gracias, Susan —dijo Bonnie levantando la mirada hacia la niña con sus ojos redondos e inocentes, mientras dejaba la bandeja encima de la mesa—. **Oh, vaya, ¿te he quitado el sitio?**

—No pasa nada —intervino Mademoiselle Dupont sin detectar el rencor que asomaba tras tanta dulzura—. Susan, hay una silla libre en la mesa de las de segundo. Tráela y siéntate a mi lado; así estaremos cómodas.

Felicity, sin embargo, no parecía estar nada cómoda, pensó June, haciendo un esfuerzo para no echarse a reír y volviéndose entonces hacia Bonnie.

—**¿A qué escuela ibas antes de venir aquí?** —le preguntó.

—Oh, hasta ahora nunca había ido a la escuela —respondió la niña apartándose de los ojos sus rizos castaños—. Es que de pequeña caí gravemente enferma, ¿sabes?, y los médicos consideraron que estaba demasiado débil para ir a la escuela.

—¡Oh, *la pauvre*! —exclamó Mademoiselle dando rienda suelta a su habitual tendencia empática—. **Pero ahora ya estás bien, *n'est-ce pas*?**

—Oh, sí, Mademoiselle —dijo Bonnie—. Y tengo muchas ganas de estudiar en una escuela como es debido y de estar con Felicity de nuevo.

—Podrías formar un trío con Felicity y Susan —propuso June con un aire tan inocente como el de Bonnie—. Sería genial, ¿no os parece?

Ni a Susan ni a Bonnie parecía entusiasmarles demasiado la idea, y Felicity gruñó para sí. No podía quitarse de encima a Bonnie sin más (sobre todo ahora que había sido nombrada delegada de la clase y su obligación era ayudarla a instalarse), pero no quería que anduviera todo el día detrás de ella y de Susan. *¿Qué podía hacer?*

Después de tomar el té, Felicity y Susan acompañaron a Bonnie hasta el dormitorio para que pudiera deshacer el equipaje. Amy también estaba allí, recogiendo un libro de su armario, y levantó la mirada cuando las demás entraron.

—Solo hay una cama libre, Bonnie —dijo Susan—. Es esa, junto a la de Pam.

Bonnie frunció el ceño, porque esperaba poder dormir al lado de Felicity, pero no dijo nada y empezó a vaciar el baúl que le había subido el empleado de mantenimiento. Sacó un bonito vestido con un estampado floral que pensaba llevar los fines de semana y que atrajo la atención de Amy.

—*¡Vaya! ¡Me encanta ese vestido!* —exclamó acercándose para verlo más de cerca—. Tengo uno muy parecido que mi madre me trajo de París cuando estuvo allí de vacaciones. ¿Dónde has comprado el tuyo?

—Lo he hecho yo —respondió Bonnie complacida—. Tardé siglos, pero no me importó, porque me encanta coser. Mira, también hice este otro.

—¡Madre mía, es genial! —dijo Amy. La admiración genuina que había en su voz sorprendió a Felicity y a Susan, porque no la habían oído hasta entonces—. Estos vestidos están tan bien hechos como los que me compra mamá. Aunque debe de ser horrible tener que confeccionarte tu propia ropa.

—*¡Oh, yo lo hago solo porque me apetece!* —respondió

Bonnie—. Ya te lo he dicho, me encanta coser... y es lo único en lo que soy buena. Además, las piezas que me hago yo misma son realmente exclusivas: nadie tiene ninguna igual.

—Nunca lo había pensado —reconoció Amy, impresionada—. **No soporto ir como van todas las demás, ¿a ti no te pasa?** Ven, Bonnie, te enseñaré algunas de mis cosas.

Bonnie siguió a Amy, entusiasmada, y Susan le dio a Felicity una palmada en el hombro.

—Yo no estoy muy interesada en las últimas tendencias. ¿Y tú? Vamos, dejémoslas tranquilas.

Felicity asintió con la cabeza y las dos niñas salieron de puntillas del dormitorio sin que las otras dos, enfrascadas como estaban en una animada conversación sobre moda, se dieran cuenta.

—¡Bueno! —suspiró Susan—. Parece que esas dos tienen un interés en común.

—Sí —asintió Felicity, pensativa—. En realidad son parecidas en bastantes cosas. Bonnie no es una niña estirada y no mira a la gente por encima del hombro como lo hace Amy, pero está muy mimada y es muy egoísta.

—Sí —coincidió Susan—. Cuando estuve en tu casa en vacaciones, me fijé en que se pasaba el día peinándose y mirándose al espejo, exactamente como lo hace Amy. Vamos, Felicity, ¿en qué estás pensando? **¡Creo que has tenido una idea!**

—Solo me estaba preguntando si no podríamos quitarnos de encima a Bonnie endosándosela a Amy —respondió Felicity con una sonrisa de oreja a oreja—. Así mataríamos dos pájaros de un tiro, porque conseguiríamos también que Veronica y Amy no pasaran tanto tiempo juntas...

—¡Y además no tendríamos a Bonnie encima todo el día!

—exclamó Susan terminando la frase de su amiga—. Es una idea genial, pero *¿funcionará?* Al fin y al cabo, Bonnie ha venido porque quería estar contigo, no con Amy. Y las dos sabemos lo insistente que puede ser.

Para entonces, las dos niñas ya habían llegado a la sala comunitaria y se sentaron en un sofá desocupado. Felicity se mordió el labio, como hacía siempre que le daba vueltas a algo, y dijo:

—Susan, ¡ya lo tengo! ¿Qué te parece si le suplico a Bonnie que se haga amiga de Amy, como un favor? Puedo decirle que me preocupa un poco que a Amy le esté costando tanto adaptarse y que no le conviene hacerse demasiado amiga de Veronica.

—Bonnie se verá obligada a acceder si cree que te está haciendo un favor —exclamó Susan con la mirada iluminada—. *¡Es genial!*

—¿Qué es genial? —preguntó June, que se había acercado a las dos amigas acompañada de Freddie y se disponía a sentarse en el reposabrazos del sofá.

Felicity y Susan les contaron rápidamente el plan a las dos niñas, y June sonrió de oreja a oreja.

—Pobre Veronica... No le gustará un pelo tener que compartir a su preciosa Amy. ¡Y a mí, cualquier cosa que fastidie a Veronica me parece estupenda! Bueno, espero que Bonnie y Amy no se pasen demasiado rato en el dormitorio: quería enseñarle a Freddie mi caja de las bromas antes de ir a acostarnos.

En ese preciso instante, la puerta de la sala se abrió y las dos niñas aparecieron charlando animadamente.

—*¡Mirad qué cara pone Veronica!* —susurró Freddie—. No

parece que le guste mucho que Bonnie y Amy se lleven tan bien.

¡Y no le gustaba nada! Veronica estaba sentada a solas en un rincón de la sala, leyendo un libro, y frunció los labios con fuerza al ver que Amy, en lugar de ir a reunirse con ella, se sentaba a la mesa y se ponía a ojear una revista de moda en compañía de Bonnie.

—*¡Parece que haya chupado un limón!* —se rio June—. Vaya, me encantaría quedarme para ver qué sucede, pero, Freddie, será mejor que subamos al dormitorio, si quieres echar un vistazo a las bromas antes de que suene el timbre de la hora de acostarse. Felicity, si se desata una pelea, ¡ven a buscarnos enseguida!

Pero no hubo ninguna pelea, porque en cuanto Veronica se levantó con la intención de unirse a las dos nuevas amigas, Bonnie se encaminó hacia Felicity y Susan.

—*Amy es muy amable, ¿verdad?* —preguntó Bonnie sin apenas mirar a Susan, dirigiendo su comentario exclusivamente a Felicity.

—Esto... Sí, es muy amable —coincidió Felicity intercambiando una mirada con Susan. Era el momento perfecto para poner el plan en marcha—. Por cierto, Bonnie, me he alegrado mucho de ver que te llevas tan bien con ella, porque también es nueva y aún no conoce a mucha gente, así que...

—Pero creía que era amiga de esa niña, Veronica —interrumpió Bonnie.

—Sí, sí —dijo Felicity—. Y ese es el problema. Mira, Bonnie, Veronica es... Bueno, digamos que no es una niña muy agradable y no les cae demasiado bien a las demás. Por eso me da miedo que, si Amy pasa demasiado tiempo con ella, se aislará aún más del grupo y perderá la oportunidad de hacer otras amistades. Así que creo que le vendría muy bien que tú pudieras hacerte amiga suya; yo te estaría muy agradecida.

Cuando Bonnie vio la oportunidad de hacer algo para complacer a Felicity, se le iluminaron los ojos. La niña se volvió hacia Amy y Veronica, y, así como su nueva amiga le devolvió la mirada, muy sonriente, ¡Veronica le frunció el ceño con una expresión nada agradable!

—Sí, ya veo lo que quieres decir —repuso Bonnie enseguida—. *¡Estaré encantada de ayudarte con eso, Felicity!* Pero lo haré solo como un favor, porque mi verdadera amiga eres tú y nadie podrá arrebatarte nunca ese puesto... ¡Ni siquiera Amy!

Amy, por otro lado, había disfrutado mucho charlando con Bonnie. La verdad es que no tenía demasiado en común con Veronica y ni siquiera le caía muy bien. Solo había trabado amistad con ella porque no tenía a nadie más y porque a Veronica le entusiasmaba escuchar sus historias acerca de su gran casa y su distinguida familia. Además, Veronica no ocultaba la admiración que sentía por la alumna nueva, y eso a Amy le encantaba. Pero también le gustaba la idea de tener a Bonnie como amiga y poder hablar de vestidos y peinados, cosas de las que Veronica apenas sabía nada. Amy pensó que podría conseguir que Bonnie le confeccionara uno de sus vestidos exclusivos, del mismo modo que se las había arreglado para que Veronica le hiciera la cama cada mañana. Al principio, Felicity les echó la bronca a las dos niñas, pero, al final, se dio cuenta de que no podía obligar a la alumna nueva a hacerse la cama:

si la ponía contra las cuerdas, Amy probablemente se limitaría a dejar las sábanas revueltas en un montón y toda la clase se ganaría entonces un rapapolvo. Así que, aunque no le gustaba la sensación de que Veronica y Amy hubieran podido más que ella, Felicity acabó arrojando la toalla.

Bonnie enseguida se puso manos a la obra y subió al dormitorio cuando las alumnas de tercero se preparaban para acostarse.

—Amy —le dijo—, ***solo quería enseñarte un modo distinto de peinarte por la mañana***. Lo aprendí en vacaciones y creo que a ti te quedaría muy bien.

—Pues a mí me parece perfecto el peinado que lleva ahora —interrumpió Veronica bruscamente, mirando a Bonnie con frialdad.

Amy, sin embargo, la apartó a un lado y dijo:

—***Oh, gracias, Bonnie.*** No soporto tener que recogerme el pelo para ir a clase y siempre está bien poder arreglártelo de un modo distinto.

Las dos niñas se alejaron charlando sobre peinados mientras Veronica se quedaba allí plantada, tan desconcertada que a Felicity incluso le supo mal por ella. Pronto llegó el momento de apagar las luces y la delegada gritó:

—Vamos, Bonnie, a la cama. Tú y Amy podéis seguir vuestra conversación mañana por la mañana.

Al cabo de un instante, todas se habían metido bajo las sábanas y la mayoría se quedó dormida enseguida. Felicity, sin embargo, tenía miedo de que Bonnie, que nunca se había separado de su madre, echara de menos su casa y rompiera a llorar, pero la niña no dijo ni pío. Al verlo, Felicity se quedó muy sorprendida y respiró aliviada.

La niña tardó aún un buen rato en conciliar el sueño: eso de que Bonnie se hubiera presentado en la escuela de forma tan inesperada la había alterado. **¿Y si el plan de que trabara amistad con Amy no funcionaba?**

Estaba claro que Veronica no querría que Bonnie se entrometiera y era capaz de hacer lo que fuera para quitársela de encima. De ser así, Bonnie acabaría yendo detrás de Felicity como un perrito, dificultando la amistad que Felicity tenía con Susan y empeorando la vida que llevaban en Torres de Malory. Felicity dejó escapar un suspiro y se dio la vuelta en la cama. ¡Qué lata! **¿Por qué tenía que haber aparecido Bonnie?** ¡Justo cuando las cosas parecían ir tan bien!

CAPÍTULO 6

Las nuevas alumnas se van adaptando

Cada una de las tres niñas nuevas se fue adaptando a su manera. Freddie tenía un cerebro rápido y, de no haber preferido seguir los pasos de June y emplear su inteligencia en planear bromas y jugarretas ingeniosas, podría haberle ido muy bien en clase. Enseguida se convirtió en una niña popular entre las de tercero, porque era muy alegre y tenía el mismo sentido del humor travieso que June. Sin embargo, no era tan osada ni intrépida como ella, ni tenía sus dos principales defectos: la insensibilidad y la malicia.

—Me cae muy bien —le dijo Susan a Felicity un día en que las dos hablaban acerca de las alumnas nuevas—. **Solo espero que no se le pegue el pasotismo de June.**

—Quizá se le pegue a June el buen corazón de Freddie —sugirió Felicity—. Debo reconocer que es la única de las tres nuevas de la que podría ser amiga.

La verdad es que Amy era demasiado pija para ser popular y las profesoras la consideraban una alumna difícil, porque su trabajo estaba siempre muy por debajo de la media de las alumnas del curso.

—¡No sé si es perezosa o estúpida, o ambas cosas! —le

dijo una exasperada señorita Peters a la señorita Potts en la sala de profesores después de devanarse los sesos tratando de evaluar uno de los trabajos de Amy—. Es como si no entendiera las normas básicas de la gramática, en matemáticas es una nulidad, la historia no parece interesarle lo más mínimo y, según la señorita Maxwell, no se esfuerza en absoluto en gimnasia y natación, porque no le gusta ponerse morena ni tampoco ensuciarse. **¡Lo único que se le da un poco bien es francés!**

La verdad es que después de haber veraneado en Francia tantas veces, Amy hablaba un francés bastante correcto, cosa que complacía mucho a las dos Mademoiselles.

Bonnie no era mucho mejor que Amy en clase, pero como había pasado la mayor parte del tiempo entre adultos, se había convertido en una experta en el arte de «hacerlos bailar a su son», como decía Nora, contrariada. La llegada de Bonnie había molestado bastante a la pobre niña: **Nora siempre había tenido claro que era la preferida de Mademoiselle Dupont** y había bromeado sobre ello e incluso lo había utilizado para sacarle partido cuando le convenía. Pero ahora había descubierto que no le gustaba que otra niña ocupase su lugar. A pesar de que el francés de Bonnie dejaba mucho que desear, Mademoiselle Dupont tenía predilección por ella, de eso no cabía duda; la señorita Simmons, la profesora de costura, una mujer menuda y tranquila, se había quedado maravillada al encontrar en tercero una alumna que cosiera tan bien. La señorita Linnie, la profesora de arte, y el señor Young, el profesor

de música, también estaban encantados con Bonnie y siempre le facilitaban las cosas.

Pero Bonnie no había encandilado a todos los profesores. La señorita Peters, **una mujer directa y rotunda**, la consideraba una criaturita frívola, una cabeza de chorlito con demasiados aires de grandeza, mientras que Mademoiselle Rougier, que tenía por costumbre detestar a las niñas a las que favorecía Mademoiselle Dupont, no se dejaba afectar ni por las lágrimas ni por las sonrisas de la niña. Y la señorita Maxwell, la profesora de educación física, se exasperaba con ella.

Bonnie no había nadado en toda su vida y, cuando se metió en el agua fría por primera vez, soltó un chillido que hizo brincar a todo el mundo, incluso a la señorita Maxwell.

—¡Bonnie! —le gritó, muy enfadada—. Con el escándalo que has armado, **creía que te estabas ahogando** y ¡resulta que el agua apenas te llega a la altura del pecho!

Y entonces, al pasar nadando junto a la niña, Susan le salpicó la cara sin querer y Bonnie soltó otro chillido.

—¡Pero bueno! —le dijo June a Felicity con desprecio—. Cualquiera que la oiga creerá que Susan ha tratado de ahogarla. La verdad, me están entrando ganas de hacerlo: ¡así al menos dejaría de gritar!

Felicity le sonrió, pero, al cabo de un instante, cuando la niña estaba a punto de zambullirse en la piscina, su sonrisa se desvaneció de repente: Bonnie había soltado un grito ensordecedor, porque Veronica (nadie supo si deliberadamente o por accidente) se le había echado encima y

casi la había arrollado; Felicity, que estaba distraída, perdió el equilibrio y, en lugar de lanzarse al agua con elegancia, cayó en plancha y ¡estuvo a punto de aterrizar encima de una Pam muy sorprendida!

—**¡Ya está bien!** —exclamó la señorita Maxwell, perdiendo los papeles—. Bonnie, no voy a permitir que sigas alterando la clase de natación con tus gritos. ¡Por favor, sal de la piscina ahora mismo y ve a vestirte!

—Sí, señorita Maxwell —repuso Bonnie con actitud sumisa, apresurándose a encaramarse al borde de la piscina.

Felicity fue la única que se fijó en la sonrisita que esbozó la niña en cuanto se volvió, dispuesta a emprender el camino de regreso a la escuela. Al verla, la delegada ahogó un grito.

«**¡Será falsa!** —pensó Felicity para sí—. Estoy convencida de que ha montado todo este escándalo a propósito para poder librarse de la clase de natación».

Sin embargo, a pesar de que exasperaba a las demás, Bonnie también tenía cosas buenas. Era muy leal a las que consideraba sus amigas, tal como pudo comprobar Veronica cuando cometió el error de criticar a Felicity delante de Amy estando Bonnie presente.

—No entiendo qué pudo ver la señorita Peters en Felicity para elegirla delegada de clase —dijo Veronica en un tono burlón—. A mí no me parece para nada una buena líder: **¡tiene un carácter demasiado débil!** En mi opinión, solo la eligieron a ella porque su hermana fue delegada el año pasado.

Amy abrió la boca para responder, pero antes de que tuviera tiempo de decir nada, una Bonnie muy airada se enfrentó a Veronica y le soltó, hecha una furia:

—¡Retíralo ahora mismo! ¿Cómo puedes decir algo así de

Felicity? A mí me parece que es una delegada estupenda, además de amiga mía, ***¡y no pienso permitir que vayas haciendo comentarios maliciosos sobre ella!***

Las dos niñas se quedaron de piedra y, como Veronica —que siempre prefería criticar a espaldas de la gente— no quería que sus comentarios llegaran a oídos de Felicity, no contraatacó.

Julie, sin embargo, estaba sentada cerca y oyó toda la conversación. De hecho, había estado a punto de salir en defensa de Felicity cuando Bonnie intervino; después de eso, la niña nueva le cayó mucho mejor.

La lealtad de Bonnie volvió a salir a relucir al cabo de unos pocos días, a la hora de francés, ¡y en esta ocasión sorprendió a toda la clase en peso!

Mademoiselle Dupont no estaba de muy buen humor, porque las de primero, a las que acababa de dar clase, se habían portado muy mal. Y eso jugó en contra de June, que, como se aburría como una ostra, eligió precisamente esa mañana para hacer una de las suyas.

La niña levantó la tapa del escritorio para ocultarse de la mirada de Mademoiselle, arrancó una página de su libro de ejercicios y la dobló rápidamente para hacer un avión.

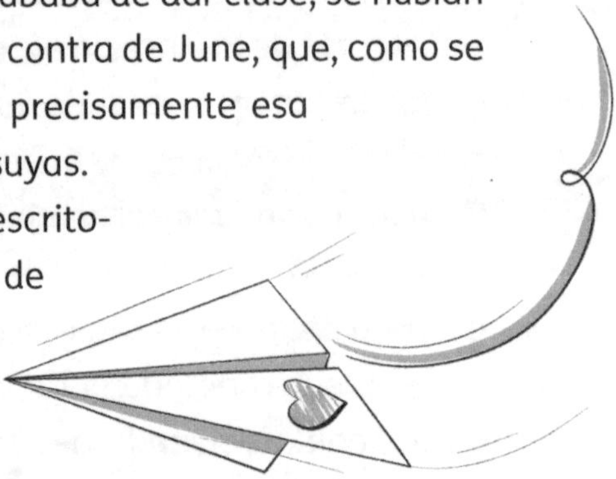

—Freddie —susurró—, ***¿qué te apuestas a que le doy a Amy en la cabeza?***

—¡Qué va! —respondió su amiga con una sonrisa—. Está demasiado lejos.

Bonnie, que se sentaba justo al otro lado del pasillo, no las oyó, pero vio el movimiento veloz del brazo de June cuando la niña levantó la mano y lanzó al aire el aeroplano de papel. Mademoiselle, que acababa de darles la espalda a todas para escribir algo en la pizarra, siguió con lo suyo, ajena a lo que ocurría, hasta que oyó unas risitas: el aeroplano surcó el aire con elegancia sobrevolando la cabeza de Amy y, para su sorpresa, aterrizó en su mesa. La niña lo recogió y Mademoiselle, que se había vuelto al oír las risas, la fulminó con la mirada.

—¡Vaya, Amy! —le gritó, muy enfadada—. ¿Tan bien se te da el francés como para perder el tiempo así?

La pobre niña parecía horrorizada.

—Pero, Mademoiselle —protestó—, **¡este avión no es mío!** Yo solo...

—¡Silencio! —gritó la profesora de francés mientras sus ojos negros la escrutaban con frialdad—. ¿Cómo te atreves a interrumpirme? Eres mal educada y no tienes respeto, Amy, y te has ganado un castigo. Esta noche te aprenderás todo el poema en francés que hemos empezado hoy y me lo recitarás mañana.

Amy, afectada por la injusticia, tenía ganas de protestar, pero no se atrevió: Mademoiselle estaba de un humor de perros, ¡y era muy probable que, si abría la boca, acabara obligándola a aprenderse dos poemas en lugar de uno! ¿Por qué la desgraciada que había tirado el avión no confesaba y la sacaba del aprieto? En realidad, June, sentada al fondo de la clase, estaba a punto de hacerlo. Tal vez tuviera sus defectos, pero no era de las que permitían que alguien pagara por una de sus bromas. Sin embargo, antes de que tuviera tiempo de abrir la boca, Bonnie se puso en pie y trinó:

—Mademoiselle, no ha sido Amy quien ha lanzado el avión, sino June: **yo la he visto.**

Las alumnas de tercero, que tenían ideas muy claras acerca de las soplonas, ahogaron un grito, se miraron unas a otras, horrorizadas, y se volvieron luego indignadas hacia Bonnie. Felicity soltó un gemido. Por supuesto, al no haber asistido nunca a la escuela, Bonnie no debía de darse cuenta de que no estaba bien acusar a una compañera y, como delegada, ¡era Felicity quien debía arreglar la situación!

—**June, ¿es eso cierto?** —preguntó Mademoiselle mirando a la niña con dureza—. ¿Y no has tenido la valentía de decir la verdad, ni siquiera cuando *la pauvre* Amy estaba a punto de recibir un castigo?

—Es cierto que he lanzado yo el avión de papel, Mademoiselle —admitió June, roja como un tomate, mientras se ponía en pie—, pero estaba a punto de confesar, de verdad.

—¡No te creo! —gritó Amy, que no soportaba a June y que, en cambio, le estaba a Bonnie muy agradecida por haber acudido en su ayuda—. Seguro que lo has hecho a propósito para meterme en este lío.

—¡Claro que no! —exclamó June, muy indignada—. Era solo una broma, pero...

—***¡Ya basta!*** —les espetó Mademoiselle, hecha una furia, descargando contra el suelo uno de sus pies—. June, *méchante fille*, tendrás que cumplir tú con el castigo que iba a imponerle a la pobre e inocente Amy. Te aprenderás ese poema y me lo recitarás mañana mismo. Y, como segundo castigo por no haber confesado, ¡esta noche te acostarás media hora antes que las demás!

La niña estaba horrorizada, y muy dolida por la injusticia

de ese segundo castigo. Sin embargo, a pesar de su conocida valentía, June tampoco se atrevía a enfrentarse a una Mademoiselle tan airada, así que repuso con actitud sumisa:

—Sí, Mademoiselle.

Y se sentó de nuevo. June fulminó entonces a Felicity con la mirada, y la delegada, al volverse para dedicarle a la niña una mirada de apoyo, se dio cuenta. «Oh, no —pensó—. Me temo que se avecinan problemas».

Y tenía toda la razón: al terminar la clase, June se encaminó hacia Felicity con una expresión turbulenta en el rostro.

—A ver, Felicity —le espetó—: ¿qué piensas hacer con Bonnie? *¡No puede ir acusando a la gente así, sin más!*

—No, supongo que tienes razón; habrá que hacer algo —respondió Felicity—. Ahora no hay tiempo, pero a la hora de comer nos reuniremos en la sala comunitaria.

Así que, en cuanto terminaron de comer, las alumnas de tercero se encontraron en la sala comunitaria. Solo faltaba una persona: Bonnie.

—¿Dónde está? —exigió saber June sacando chispas por los ojos—. *Supongo que la muy cobarde no se atreve a enfrentarse conmigo.*

—En realidad, la señorita Peters quería verla para hablar con ella de unos deberes —informó Amy con frialdad—. Estará aquí enseguida.

Felicity, que no quería ser demasiado dura con Bonnie, se alegró de que la niña aún no estuviera allí y batió las palmas para pedir silencio.

—June —dijo entonces—, entiendo que estés enfadada, pero, por favor, no olvidemos que es la primera vez que Bonnie pisa una escuela y no conoce las normas.

—*¡Oh, así que la defiendes!* —exclamó la niña con voz chirriante—. ¡Espera a que esa cucaracha aparezca! ¡Voy a decirle lo que pienso de ella! Esa niñata se echa llorar por cualquier cosa... ¡y esta vez le voy a dar una buena razón para hacerlo!

Eso era precisamente lo que tanto temía Felicity. No era agradable ver a June enfadada y la pequeña Bonnie nunca sería capaz de hacerle frente.

—¡No, June! —le espetó Felicity con firmeza—. Yo soy la delegada y, por tanto, también quien dirige esta reunión, y digo que vamos a darle a Bonnie la oportunidad de explicarse. Luego toda la clase decidirá si debe o no recibir un castigo y, en todo caso, cuál.

Y entonces la puerta se abrió y Bonnie entró en la sala. Felicity dio un paso al frente para hablar con ella, pero June se le adelantó y, lanzándole a la delegada una mirada burlona, abordó a su contrincante.

—***¿Cómo te atreves a chivarte de mí a Mademoiselle Dupont, rata asquerosa?*** —le soltó con aire amenazador.

Las niñas de tercero contemplaban la escena con el alma en vilo, algunas con la esperanza de que Bonnie recibiera su merecido, otras deseando que June no fuera demasiado lejos, y todas convencidas de que la alumna nueva se echaría a llorar como una magdalena. Felicity, con el rostro fruncido por la preocupación, hizo de tripas corazón y se preparó para intervenir en caso de que fuera necesario.

Pero June había subestimado a su adversaria. Bonnie no estaba acostumbrada a que le hablaran de ese modo y no le gustó lo más mínimo. Tampoco le caía bien June y era lo bastante lista como para darse cuenta de que las lágrimas no iban a servirle de nada con ella. Así que miró de frente esos ojos que despedían chispas y dijo fríamente:

—***No seas ridícula. Yo no he hecho eso.***

June ahogó un grito de cólera.

—Pero qué mentirosa eres, Bonnie, además de rastrera. Toda la clase te ha oído decirle a Mademoiselle que había sido yo la que había lanzado el avión de papel.

Se oyeron murmullos de aprobación entre las niñas, pero Bonnie dijo con toda la calma del mundo:

—Sí, es cierto. Amy iba a recibir un castigo por algo que habías hecho tú, así que he intervenido para contarle a Mademoiselle la verdad. Pero ***¡no me he chivado!*** Mira, querida June, «chivarse» significa lo siguiente: actuar a espaldas de alguien, para revelar con mala intención algo oculto que perjudica a otro. Yo he hablado en voz alta delante de toda la clase, ¡así que no veo que haya actuado a espaldas de nadie!

Felicity se la quedó mirando sorprendida, porque lo que acababa de decir era cierto: había divulgado un secreto, pero lo había hecho abiertamente.

June se recuperó rápidamente.

—Vale —dijo—, quizá «chivarse» no sea la palabra más adecuada en este caso, pero ***¡me has delatado!***

—Sí, para sacar de un apuro a una amiga —replicó Bonnie tan deprisa como lo había hecho June—. Y tendría mejor concepto de ti si hubieras confesado tú misma.

En la voz de la niña había suficiente desdén como para poner a June a la defensiva.

—*Iba a confesar* —arguyó, muy irritada—, como he tratado de decirle a Mademoiselle, pero no he tenido la oportunidad, ¡gracias a ti!

—Y ¿cómo iba yo a saberlo? —repuso Bonnie abriendo mucho los ojos—. Soy nueva, no lo olvides. No te conozco lo suficiente, June; no sé si eres el tipo de persona que se calla y deja que los demás carguen con la culpa o de las que actúa limpiamente y acepta las consecuencias.

—*¡No soy una cobarde!* —exclamó June, muy indignada—. Nunca habría dejado que alguien cargara con algo que he hecho yo.

—Me alegro mucho de oír eso —dijo Bonnie, muy sonriente—. Es una pena que no hayas sido un poco más rápida al asumir tu culpa; de haber sido así, podríamos habernos ahorrado este disgusto. Espero que te haya servido de lección, June. Ahora, si me permitís, tengo que ir a hablar con la gobernanta.

Y, dicho esto, Bonnie salió de la habitación con su cabecita bien alta, dejando tras de sí un silencio cargado de estupefacción. Susan, que estaba haciendo todo lo posible por no sonreír, le dio a Felicity con el codo y asintió mirando a June, que seguía de pie en la sala, con la boca abierta, como un pez. Felicity se mordió el labio con fuerza para evitar echarse a reír. Mientras, Pam y Julie se aferraban la una a la otra tratando de reprimir la risa, y los hombros de Nora se agitaban descontroladamente por culpa de sus risitas. Incluso Veronica, que tanta envidia le tenía a Bonnie, disfrutó al ver que June se quedaba sin habla. Y Amy se lo había pasado en grande.

De repente, una carcajada rompió el silencio, y todas se quedaron de piedra al ver que la que se reía era la mismísima June.

—¡Dios mío! —soltó cuando por fin fue capaz de articular palabra—. **¿Quién iba a decir que esa mosquita muerta sería capaz de hacerme frente así?** Pero lo ha hecho y ¡debo decir que la admiro por ello!

Y las niñas de tercero, que se unieron a las risas de June, la admiraron por saber admitir con tanta sinceridad que alguien lo había hecho mejor que ella. De June siempre podía esperarse lo inesperado, pensó Felicity irónicamente, muy aliviada de que la pelea hubiera pasado. Sin embargo, más tarde, cuando pensó en lo ocurrido, se sintió algo incómoda. June se había saltado a la torera su autoridad al impedirle dirigir la reunión a su manera y al enfrentarse a Bonnie cuando le había dicho que no lo hiciera. Y Felicity, impaciente por evitar un enfrentamiento, no había sabido pararle los pies. **¿Qué habría hecho Darrell en esa situación?**, se preguntó. La respuesta era fácil: Darrell era una persona sincera y directa que no habría tenido ningún reparo en poner a June en su lugar. Bueno, si June seguía desobedeciéndola, Felicity tendría que reunir las fuerzas necesarias para enfrentarse a ella. Al fin y al cabo, era la delegada y las alumnas de tercero necesitaban a alguien fuerte que las guiara y les sirviera de ejemplo, no a una niña que huía de las dificultades y se escabullía de las tareas poco agradables. Felicity se hizo una promesa a sí misma: no sería fácil, y seguro que metería la pata más de una vez, pero se convertiría en una líder fuerte.

CAPÍTULO 7

Una broma pesada

Después del «asunto del avión», como se le llamó, June estuvo resentida con Mademoiselle Dupont durante algún tiempo. Había sido una auténtica humillación tener que acostarse media hora antes que las demás y, a la mañana siguiente, muy malhumorada, le recitó el poema a la profesora. Mademoiselle había empezado a sentirse un poco culpable por haber sido tan dura con la niña, pero cuando oyó el tono irritado de su voz y vio su expresión arisca, se le endureció el corazón. Ah, esa June era un mal bicho y no le vendría mal un poco de mano dura.

Freddie, que admiraba mucho a June, también se enfadó: no le gustó nada el trato que había recibido su amiga y decidió pensar algún modo de vengarse de Mademoiselle Dupont.

Al terminar la clase, June se acercó a Freddie y, tomándola del brazo, le dijo:

—Me aburro. **¡Aquí nunca pasa nada!** Creo que ha llegado la hora de gastarle la broma del jabón mágico a Amy.

—¡Genial! —exclamó Freddie con una risita nerviosa—. ¿Deberíamos decírselo a las demás?

June se quedó pensando unos instantes y luego decidió:

—No, mejor hagámoslo nosotras solas... *¡Solo tú y yo!* Así podemos darles una sorpresa a las demás.

Freddie asintió con la cabeza, satisfecha, y preguntó:

—Pero ¿cómo vamos a asegurarnos de conseguir que Amy utilice nuestro jabón? Si no lo hace, la cosa no tendrá ninguna gracia.

—Ya había pensado en eso —repuso June con una sonrisa—. Amy se lava con una pastilla de jabón muy cara que le mandó su madre, una pastilla muy parecida a nuestro jabón especial, así que me limitaré a intercambiarlas. No se dará cuenta de la diferencia, y, como nuestra querida Amy nunca nos deja tocar su precioso jabón, podemos estar tranquilas: nadie más acabará con la cara embarrada.

Freddie se rio con ganas.

—*¡Oh, June, será fantástico!* Y toda la Torre Norte podrá disfrutar de la broma, porque empezará a ensuciársele la cara a la hora del desayuno. ¿Cuándo vamos a hacerlo?

—Mañana —respondió June—. Hoy, al levantarnos, me he fijado en que a Amy apenas le quedaba un pedacito de jabón, así que probablemente abrirá una pastilla nueva mañana.

Freddie no dijo nada: acababa de tener una idea, una idea tan osada y atrevida que incluso habría podido ocurrírsele a June. La niña, sin embargo, decidió no decirle nada a su amiga, porque pensaba darle una sorpresa. ***¡Y las niñas de la Torre Norte se partirían de risa como nunca!***

A la mañana siguiente, cuando las alumnas de tercero se

estaban vistiendo, Felicity se preguntó qué estarían tramando June y Freddie. Las dos niñas se hablaban en susurros, muy emocionadas, ***¡y la mirada de Freddie tenía un brillo endiablado!*** La niña le había pedido a June que le dejara cambiar a ella las pastillas de jabón, y su amiga estuvo de acuerdo.

—Pero ten cuidado —le advirtió—. Asegúrate de que no haya nadie por ahí cuando lo hagas y coloca nuestro jabón especial exactamente en el mismo lugar en el que estaba el de Amy. ¡No queremos levantar la liebre!

Las dos niñas se dieron con el codo, expectantes, y se echaron a reír al ver que Amy cogía la pastilla de jabón del cajón de su armario y se encaminaba hacia el baño.

—***¿Se puede saber qué estáis tramando?*** —les preguntó Felicity incapaz de contener más su curiosidad.

—Oh, nada, Felicity —respondió June, tratando de parecer lo más inocente posible—. ¿Por qué piensas que tramamos algo?

—Parecéis muy exaltadas —dijo Felicity mirándolas con recelo—. Vamos, ¡desembuchad!

Freddie soltó una carcajada y los labios de June esbozaron una sonrisa.

—Pero si no hay nada que desembuchar, Felicity. De verdad que no. No estamos intentando darte jabón.

Eso ya fue demasiado para Freddie: la niña se derrumbó en la cama con un ataque de risa. Felicity, consciente de que no iba a sacar nada en claro, sacudió la cabeza y fue a reunirse con Susan.

June miró a Amy de soslayo cuando la vio salir del baño. El jabón mágico, sin embargo, aún no había empezado a hacer efecto y la cara de la niña tenía un aspecto más limpio y fresco que nunca. Aunque no iba a durar mucho, pensó June, riéndose para sus adentros. ¡Espera y verás, Amy!

Sin embargo, cuando se terminaron el desayuno y la cara de la niña seguía igual de impoluta, June empezó a impacientarse.

—*¿Por qué no ocurre nada?* —le susurró por lo bajo a Freddie—. ¡Espero que Alicia no me haya dado una pastilla de jabón defectuosa!

—Estoy segura de que no —repuso Freddie, muy convencida—. En realidad, creo que está a punto de ocurrir.

June levantó enseguida la mirada y se dio cuenta de que Freddie no estaba pendiente de Amy, sino de la cabeza de la mesa, donde se sentaba Mademoiselle Dupont. La niña siguió la mirada de su amiga... *¡y ahogó un grito!* La piel del rostro de Mademoiselle estaba empezando a ensuciarse, a adoptar un lóbrego tono marrón.

Pam y Susan, que estaban sentadas una a cada lado de la profesora de francés, no pudieron evitar fijarse en su sorprendente transformación y, con el rostro horrorizado, se quedaron mirando fijamente a una Mademoiselle ajena a su extraña apariencia. Ambas niñas le dieron con el codo a la compañera que tenían al lado y la información no tardó en correr por toda la mesa; al cabo de nada, toda la clase de tercero contemplaba extasiada a Mademoiselle, tratando de contener la risa. La mayoría de las niñas, por supuesto, creyó que June había puesto en práctica la broma del jabón que le había regalado Alicia, pero ninguna alcanzaba a imaginar cómo había conseguido que Mademoiselle lo usara. ¡Qué lista era!

June tampoco comprendía cómo había ido a parar a manos de Mademoiselle su jabón mágico y se volvió hacia Freddie, dispuesta a pedirle una explicación. Sin embargo, antes de que tuviera tiempo de abrir la boca, un grito procedente del extremo de la mesa rompió el silencio. Mademoiselle acababa de verse las palmas de las manos: estaban cubiertas de manchas de barro.

—*Mon Dieu!* —exclamó—. ¡Llevo las manos sucias! Pero ¡si me las he lavado esta mañana! **¿Cómo me las he ensuciado?**

La mujer examinó detenidamente su taza, su plato e incluso sus cubiertos en busca de rastros de suciedad y, al verla, Nora no pudo contenerse más y soltó una sonora carcajada. La mayoría de las demás también tenía dificultades para contener la risa y las alumnas de las otras mesas empezaron a fijarse en lo que ocurría.

—Dios mío, ¡mirad a Mademoiselle Dupont!

—Pero ¿qué le ha pasado?

—¿Se ha olvidado de lavarse esta mañana?

—¡Deben de haberle gastado una broma! **¡Seguro que ha sido June!**

Mademoiselle se dio cuenta de los murmullos de las niñas y empezó a sentirse incómoda. A Felicity le dio lástima verla así y, cuando pudo dominar la risa, le dijo:

—Mademoiselle, me temo que no son solo las manos lo que lleva sucias; también tiene el rostro embarrado.

Amy, que siempre llevaba un espejito consigo, se lo sacó del bolsillo y se lo entregó a la profesora de francés, que, al echarle un vistazo a su propio reflejo, soltó un chillido ensordecedor.

Un griterío se adueñó entonces de todo el comedor y las demás profesoras, que ya habían visto la cara sucia de Mademoiselle, se miraron consternadas. La señorita Potts tomó las riendas de la situación y levantó la voz para exigir silencio.

—*¡Ya está bien!* —ordenó—. Mademoiselle Dupont, no comprendo por qué tiene usted la cara cubierta de barro si cuando se ha sentado a desayunar la llevaba limpia, pero le sugiero que vaya al baño y se lave bien antes de empezar las clases.

Reuniendo toda la dignidad de la que fue capaz, la profesora de francés salió tambaleante del comedor.

—¡June! Supongo que no tendrás nada que ver con esto, ¿verdad? —se apresuró entonces a preguntarle la señorita Potts.

—No, señorita Potts —respondió la niña con sinceridad.

La mujer se la quedó mirando fijamente, consciente de que June era capaz de hacerse la inocente cuando le convenía. La niña, sin embargo, parecía tan desconcertada como las demás, aunque la situación no parecía resultarle tan divertida... De hecho, se la veía más bien enfadada.

—Bueno, no entiendo cómo Mademoiselle Dupont ha podido entrar en la sala con la cara impoluta y salir de ella como si hubiera participado en una pelea en el barro —dijo la señorita Potts—. **No sé si podré llegar al fondo de este asunto.** Y ahora, niñas, acabad de desayunar en silencio y luego salid para asistir a la primera clase del día.

La señorita Potts regresó a la mesa de las alumnas de primero y, en cuanto se hubo alejado lo bastante, un borboteo de voces apagadas rompió el silencio entre las alumnas de tercero.

—***¡June! Has sido tú, ¿verdad?***

—¡Por supuesto! Has usado el jabón mágico con Mademoiselle, ¿no?

—**¡La verdad es que es una broma genial!** ¿Le habéis visto la cara a la pobre?

—Muy típico de ti que no hayas confesado. —Este último comentario era de Amy.

—No he confesado porque no he sido yo quien le ha gastado la broma, ¿vale? —replicó June.

—Entonces **¿quién ha sido?** —preguntó Felicity, desconcertada.

—¡He sido yo! —exclamó Freddie muy contenta con una mirada traviesa—. Lo he hecho para vengarme de Mademoiselle, por haber sido tan dura con June el otro día.

Pam se rio entre dientes.

—Bueno, **¡pues lo has hecho de maravilla!** ¿Quieres decir que June no ha tenido nada que ver con esta broma?

—No —respondió June, bastante cortante—. Creía que estaba implicada, pero al parecer Freddie ha decidido actuar por su cuenta y usar el jabón con Mademoiselle en lugar de hacerlo con la persona que habíamos elegido.

—Ándate con cuidado, June —se rio Nora—, o Freddie acabará usurpándote el puesto de bromista de la clase.

June no dijo nada y Freddie se la quedó mirando algo preocupada por la frialdad de su amiga. ¡Cualquiera diría que no se alegraba de que Mademoiselle hubiera recibido su merecido!

De hecho, June estaba enfadada con Freddie porque le había pasado la mano por la cara. Ella era la líder de esa relación y no quería que las cosas fuesen de otro modo. Le gustaba que Freddie fuera su mano derecha y la ayudara a preparar sus bromas, pero la bromista de la clase era ella, June, y no iba a permitir que nadie le arrebatara ese puesto. Mientras que otras niñas se enorgullecían de sacar las mejores notas de la clase, o de conseguir las mejores marcas en educación física, a June lo único que le importaba era recibir alabanzas por sus bromas. Y no le gustaba que Freddie se llevara parte del mérito: sintió mucha envidia al oír que las demás la felicitaban.

—**Ha sido maravilloso, Freddie** —dijo Susan dándole una palmada en la espalda—. Pero ¿cómo te las has arreglado para que Mademoiselle utilizara ese jabón?

—Oh, ha sido muy fácil —respondió—. Me he colado en su baño cuando sabía que estaba en clase de repaso con las de segundo y lo he dejado ahí.

—¡Dios mío, qué atrevida! —exclamó Bonnie abriendo los ojos como platos—. ¿Y si alguien te hubiera visto?

—¡Gracias a Dios que no ha sido así! —repuso Julie—. **¡Hacía años que no me reía tanto!**

June apartó a un lado su cuenco de cereales sin terminar. Se había quedado sin apetito y la cabeza le iba a cien. Freddie le caía bien, pero debería aprender que en tercero solo había sitio para una bromista. Tendría que idear un modo de dirigir los pensamientos y las energías de Freddie hacia otra dirección. Pero ¿cómo?

A June se le ocurrió la respuesta un sábado por la mañana, por causalidad. Al entrar en el guardarropa, se encontró a Felicity y a Susan, que se estaban poniendo el sombrero y el abrigo.

—¿Adónde vais? —les preguntó.

—Oh, habíamos pensado ir a dar un paseo por el campo —respondió Felicity—. Hace un sol magnífico.

—Julie ha ido a ver a Bill y a Clarissa a lomos de Jack —dijo

Susan—. Y Nora y Pam la han acompañado, así que hemos pensado que nosotras también podíamos ir.

Bill y Clarissa eran dos niñas ya mayores que habían estudiado con Darrell y Alicia, y ahora dirigían unos establos situados no muy lejos de la escuela. Las alumnas de Torres de Malory las apreciaban mucho, e iban a verlas a menudo, ya fuera para dar un paseo a caballo o para charlar un rato con ellas. La señorita Peters, que también era una gran amazona y una muy buena amiga de las dos muchachas, también las visitaba con frecuencia.

—Escuchad, **¿os importa si os acompaño?** —preguntó June—. La gobernanta le ha encargado a la pobre Freddie un montón de cosas que hacer y va a tardar siglos, así que me he quedado un poco colgada.

June se puso el abrigo y las tres niñas no tardaron en cruzar las puertas de Torres de Malory y enfilar el hermoso sendero cubierto de hojas de castaño que serpenteaba por el campo.

—**Vaya, ¡menudo viento!** —exclamó Susan sujetándose bien el sombrero—. Menos mal que el camino no pasa junto al acantilado; ¡de ser así el viento se nos habría llevado volando!

De repente, June se detuvo en seco y levantó un dedo.

—¡Silencio! Creo que he oído algo —dijo.

Las demás se callaron y oyeron un ruido..., como un maullido lejano y quejumbroso. Lo siguió la voz de una mujer.

—Oh, Sooty —se lamentaba—, no me digas que te has vuelto a quedar atrapado en ese manzano. ¿Y ahora cómo se supone que voy a bajarte?

—Viene del jardín de esa casita de ahí —dijo Felicity—. Creo que deberíamos ir, por si necesitan ayuda.

La casita de campo estaba rodeada por un muro en el que había una puertecita de madera. Las tres niñas entraron y vieron a una mujer anciana plantada en medio del jardín, levantando la mirada hacia un manzano con expresión consternada.

—Disculpe —le dijo Felicity—. Nos ha parecido que se encontraba usted en apuros y hemos venido por si podíamos ayudarla.

—¡Oh, qué amables! —respondió la anciana, y su expresión afligida desapareció con una sonrisa al ver a las tres niñas—. *¿Veis lo que ha pasado?* El tontorrón de mi gato se ha subido al manzano y ahora no sabe cómo bajar. Parece que Sooty no se da cuenta de que ya no soy tan joven como antes y ¡no puedo subirme al árbol como solía hacerlo!

El maullido quejumbroso se hizo oír de nuevo, esta vez procedente de algún lugar por encima de sus cabezas. Al le-

vantar la mirada, las niñas vieron una carita puntiaguda y un par de brillantes ojos verdes que las observaban con atención.

—No se preocupe —dijo June acercándose al árbol—. ***Haré bajar a Sooty en un santiamén.***

La niña escaló ágilmente por el árbol mientras Felicity esperaba abajo, lista para recoger al gato. Susan, mientras tanto, charlaba con la anciana, la señora Dale.

—¡Ten cuidado, querida! —gritó la mujer mientras June seguía trepando aún más arriba—. ***¡No me lo perdonaría nunca si te cayeras y te hicieras daño!***

Pero June llevaba subiéndose a los árboles desde que había aprendido a caminar, y ese manzano no le suponía ningún reto. La niña no tardó en alcanzar la rama en la que se encontraba el aterrorizado Sooty y, agarrándolo con mano firme, se lo metió dentro del abrigo para asegurarse de que no se cayera. Luego volvió a bajar. A Sooty no le entusiasmó demasiado que quisieran dejarlo en manos de Felicity, así que clavó sus garritas en el abrigo de June. Las dos niñas, sin embargo, consiguieron que se soltara y, al final, Felicity pudo dejar el animal en el suelo.

—¿Cómo podría daros las gracias? —preguntó la señora Dale encorvándose para acariciar a su gatito negro.

—No ha sido nada —respondió June con aire despreocupado—. Nosotras vamos a seguir con nuestro paseo.

—¡Oh, no! ***Pasad a tomaros una limonada y un trozo de tarta casera*** —insistió la señora Dale—. Es lo menos que puedo hacer después de que hayáis rescatado a mi Sooty. Además, no recibo demasiadas visitas y me encantará disfrutar de vuestra compañía.

Así que, al cabo de unos pocos minutos, las niñas ya estaban sentadas alrededor de la mesa de la acogedora cocina de la señora Dale, saboreando una buena porción de un delicioso pastel de frutas, acompañado de un vaso de limonada.

—Esta tarta está riquísima, señora Dale —dijo Susan.

—Oh, me alegro de que os guste —respondió la anciana con una sonrisa—. Supongo que todas debéis de venir de Torres de Malory.

—Exacto —confirmó Felicity.

—Bueno, seguro que sois un orgullo para la escuela. De hecho, ***mi nieta estudia allí***. Quizá la conozcáis. Se llama Amy Ryder-Cochrane.

Las tres niñas se atragantaron con la limonada: ¡nunca habrían imaginado que la esnob de Amy pudiera ser familia de la señora Dale! Esa anciana era una mujer amable y sencilla, muy parecida a sus abuelas, y no había en ella nada distinguido; además, su casa de campo también era muy modesta. Las niñas intercambiaron miradas de desconcierto y, al final, Felicity dijo:

—Sí, conocemos a Amy. Está en nuestra misma clase.

—Pero no nos había dicho que su abuela viviera aquí al lado —observó June.

—Oh, claro —repuso la señora Dale—. ***Porque no sabe que estoy aquí.***

La anciana se quedó pensativa, mirando a las niñas como si no supiera si confiar en ellas. Al parecer, al final decidió hacerlo, porque prosiguió:

—Mirad, el padre de Amy es un hombre muy rico y muy bien relacionado y, cuando se casó con mi hija, no quiso que sus amigos y sus familiares de alto copete supieran que su esposa procedía de un entorno más modesto, así que no le permitió venir a verme demasiado a menudo.

Mientras las niñas escuchaban, horrorizadas, Felicity le murmuró a Susan:

—**Ahora ya sabemos de dónde ha sacado Amy su esnobismo.**

—Y, cuando Amy nació, su padre tampoco quiso que la niña tuviera nada que ver conmigo —añadió la señora Dale—. Mi hija me la trajo cuando Amy aún era un bebé, pero no he vuelto a verla desde entonces. Aunque Jane (mi hija) viene a visitarme de vez en cuando, nunca me trae a Amy, porque ese marido suyo no quiere.

Las niñas no sabían muy bien qué decir. La señora Dale parecía bastante acostumbrada a la situación, pero había un atisbo de tristeza en sus ojos azules. Fue la directa de June quien dijo en voz alta lo que todas estaban pensando:

—**Pero ¡esto es horrible!** —soltó—. No se preocupe, señora Dale: le diremos a Amy que vive usted aquí y la traeremos para que le haga una visita.

—¡Oh, no, queridas! ¡No debéis hacerlo! —exclamó la anciana, muy alarmada—. Mirad, sean cuales sean mis sentimientos, no estaría bien animarla a desobedecer a su padre. Admito que cuando supe que iba a ir a esta escuela, esperé poder verla, aunque fuera muy de vez en cuando, porque todo lo que tengo de ella es una foto que le hicieron cuando tenía solo cinco años. Pero no estaría nada bien que actuara a espaldas de su padre, así que debo pediros que no le contéis nada.

Aunque a regañadientes, las tres niñas le prometieron que no le desvelarían a Amy que su abuela vivía cerca de la escuela, y la mujer pareció satisfecha. Las niñas, sin embargo, no estaban nada contentas y no pararon de hablar del tema.

—*El padre de Amy debe de ser un hombre horrible* —dijo Susan sintiendo un escalofrío.

—Bueno, ¡su mamá también tiene que serlo para acceder a darle la espalda a su madre! —exclamó June—. Si mi padre tratara de prohibirle a mi madre que me llevara a visitar a mi abuela, ¡no tardaría en echarle a la calle!

—Sí, la mía también —Felicity dejó escapar un suspiro y añadió—: Es una lástima que no podamos contarle nada a Amy. *La señora Dale parece tan sola...* Seguro que unas cuantas visitas de su nieta la alegrarían mucho.

—Sí —coincidió June—. Seguro que la alegrarían.

Felicity, que no se fiaba un pelo cuando veía en el rostro de June esa expresión pensativa, se apresuró a decir:

—¡Escúchame bien! No sé qué tienes en mente, pero recuerda que le hemos prometido a la señora Dale que no le diríamos nada a Amy, y debemos cumplir nuestra palabra.

—Mi querida Felicity, no tengo intención de decirle nada a Amy —aseguró June.

—Muy bien entonces. Y será mejor que tampoco les digamos nada a las demás. Será un secreto entre nosotras tres.

CAPÍTULO 8

Secretos y bromas

Pero June le contó a Freddie lo de la abuela de Amy.

—Tienes que prometerme que no le dirás una palabra de esto a las demás —le advirtió June solemnemente—. Y que no se te escape que te lo he contado; a Felicity no le haría ninguna gracia.

—No diré nada, June —le aseguró Freddie, que había escuchado todo el relato con la boca abierta—. **Puedes contar conmigo**. Es una historia muy triste, ¿no te parece? ¡Pobre señora Dale!

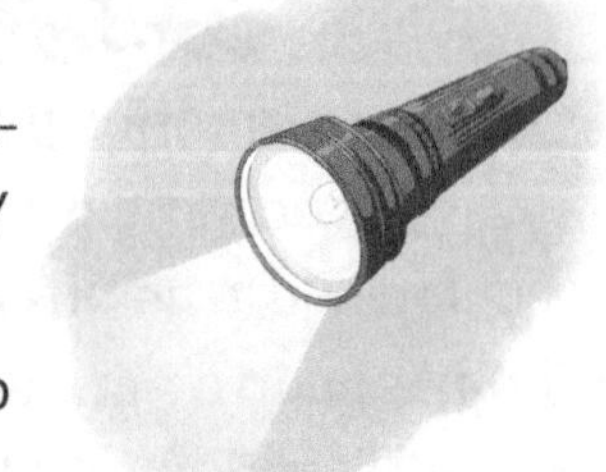

—¡Es una mujer tan agradable! —exclamó dejando escapar un suspiro—. Y me ha dado mucha pena, porque parece estar muy sola. Se me ha ocurrido una idea para ayudarla, pero...

June se interrumpió y Freddie la instó con impaciencia:

—Pero ¿qué? Cuéntamela, June. —La niña volvió a suspirar.

—**No, nada, no funcionaría**. Necesitaría a alguien muy valiente para poder llevarla a cabo, y no se me ocurre nadie a quien pedírselo.

Freddie se echó a reír.

—Pero **¡sí no hay nadie más valiente que tú, June!** ¿Por qué no puedes tú llevar a la práctica esa misteriosa idea tuya?

—Porque la señora Dale ya me conoce —le respondió—. Además, tengo un tono de piel demasiado diferente del de Amy.

Freddie frunció el ceño, desconcertada.

—Pero ¿qué tiene que ver con esto el tono de tu piel? June, dime qué te traes de cabeza o me moriré de curiosidad.

—Está bien —accedió la niña—. Mira, Freddie, no podemos romper nuestra promesa y contarle a Amy lo de su abuela. Así que me ha parecido una buena idea que alguien la suplante y vaya a visitar a la anciana de vez en cuando, para animarla.

Freddie soltó un silbido.

—Pero **¡eso es una locura!** La señora Dale enseguida sabrá que la impostora no es Amy.

—No, no lo sabrá —aseguró June—. No ha visto a su nieta desde que tenía cinco años. Lo único que tenemos que hacer es elegir a alguien de piel clara, como tú o Nora.

Freddie necesitó unos instantes para asimilar la información y, al final, dijo:

—Felicity se pondrá como una fiera si lo descubre.

June dejó escapar una risita burlona.

—Oh, Felicity puede ser muy mojigata a veces. No tiene por qué enterarse. —Fingió que pensaba unos instantes y luego añadió—: **Me pregunto si podríamos convencer a Nora.** Eso significaría contarle el secreto a otra persona más, pero no nos queda otro remedio. Aunque a veces es un poco despistada, tiene muy buen corazón y estoy convencida de que querrá ayudar a la señora Dale. Nora es una buena actriz, y también es bastante valiente... Además, ¡no creo que la asuste demasiado la idea de enfrentarse a Felicity!

Había un cierto desdén en la voz de June y Freddie se sintió herida. Miró a la otra niña largo y tendido, y puso todo su empeño en impresionarla.

—No hay necesidad de meter a Nora en esto, June —le dijo levantando el mentón—. *¡Yo lo haré!*

—¿Estás segura?

June la miraba fijamente.

—Del todo —repuso Freddie, muy resuelta—. Mira, falta media hora para ir a acostarnos: vayamos a la salita de música que hay junto al dormitorio. Casi nunca la usa nadie y podremos prepararlo todo sin que nos interrumpan.

Las niñas trazaron sus planes y, la tarde del siguiente sábado, se dispusieron a ponerlos en práctica. Freddie rebosaba valentía y enfiló el sendero hacia la casa de la señora Dale charlando animadamente con June con aire desenfadado. Por dentro, no obstante, la niña era un manojo de nervios; incluso había empezado a arrepentirse de haberle pedido a su amiga que le hablara de todo aquello. June, consciente de lo nerviosa que estaba Freddie, siguió recordándole lo contenta que estaría la mujer con sus visitas, insistiendo en que ella era la única que podía llevar a cabo con éxito esa empresa, y mirándola con tanta admiración que resultaba imposible echarse atrás. Al cabo de lo que a Freddie le pareció solo un instante, las dos niñas llamaron a la puerta de la señora Dale. La anciana abrió y, al ver a June, se sorprendió un poco.

—¡Vaya, pero si es la niña que rescató a mi gato! —exclamó—. *Cuánto me alegro de volver a verte.* Y ¡te has traído a una amiguita! Vamos, pasad, pasad.

Condujo a las dos niñas hasta la cocina y, una vez allí, June cogió del brazo a Freddie (que estaba haciendo todo lo posible para mantenerse en segundo plano) y tiró de ella.

—*Tengo una sorpresa para usted, señora Dale* —dijo, empezando el discurso que tanto habían ensayado—. Sé que no quería que le dijéramos a Amy que estaba usted aquí, y mantuvimos nuestra palabra. Pero, más tarde, mientras las tres hablábamos del tema en la sala comunitaria, Amy nos oyó desde fuera.

La señora Dale se llevó la mano a la boca y dijo muy preocupada:

—Entonces ¿sabe que estoy aquí? ¿Mi Amy se ha enterado?

Había llegado el momento de la intervención de Freddie, pero, al parecer, sus cuerdas vocales se habían quedado paralizadas. Sin que la señora Dale la viera, June le dio a su amiga un golpecito en la espalda y la niña dijo con voz ronca:

—Sí, abuela. Lo sé. E insistí hasta que June accedió a acompañarme para poder conocerla.

—¿Amy? —murmuró la señora Dale abriendo sus pálidos ojos azules como platos—. *Amy, ¿de verdad eres tú?*

Freddie asintió con la cabeza y June, sonriendo para sí, muy satisfecha, dijo con un hilo de voz:

—Estoy segura de que tendréis mucho de lo que hablar, así que os dejaré a solas. Amy, te veré en la escuela a la hora del té. ¡No llegues tarde!

La señora Dale seguía contemplando a Freddie, extasiada, y no pareció prestar atención a las palabras de June; su supuesta nieta, sin embargo, sí las oyó y miró a su amiga horrorizada. ***¡Eso no formaba parte del plan!*** June le había prometido que se quedaría con ella, que no la dejaría a solas con la señora Dale.

—¡June, espera! —gritó.

Pero era demasiado tarde; la niña ya había salido por la puerta. La señora Dale invitó entonces a Freddie a tomar asiento y le dijo que prepararía una buena taza de té para las dos.

Mientras, June, muy satisfecha de sí misma, regresó a la escuela silbando alegremente. ¡Todo había salido como esperaba! Por supuesto, su amiga Freddie se habría enfadado, pero June era especialista en salir airosa de los problemas y las aguas pronto volverían a su cauce.

Cuando las dos niñas se encontraron delante del comedor a la hora del té, Freddie, sin embargo, no parecía acordarse de su malhumor. De hecho, ***¡había pasado una tarde espléndida con la señora Dale!*** Las dos abuelas de Freddie habían fallecido cuando ella era pequeña y la niña acostumbraba a tener envidia cuando sus amigas le hablaban de sus devotas abuelas y de lo mucho que las mimaban. Así que el rato que había compartido con la señora Dale había sido para ella una experiencia nueva... ¡y muy agradable! En cuanto Freddie consiguió controlar un poco los nervios, la abuela y su falsa nieta enseguida se hicieron buenas amigas. Por supuesto, Freddie no había conseguido relajarse del todo, porque tenía que medir sus palabras para no levantar la liebre, pero, a pesar de ello, estuvo encantada cuando la señora Dale la invitó a tomar el té al día siguiente.

—Sé muy bien que no es lo que tu padre querría —dijo la mujer—. No tenía intención de que fueras en contra de sus deseos, pero ya está hecho. **Nos hemos conocido y ahora ya no puede hacer nada para impedirlo.** De todos modos, no creo que debas mencionárselo todavía. Ni tampoco a tu madre.

Freddie se lo contó todo a June mientras tomaban el té, y su amiga la escuchó con mucha atención. ¡Estaba encantada de que Freddie volviera a tomar el té con la señora Dale al día siguiente! Cuanto más se vieran, mejor. Ah, tal vez ahora su amiga lo estuviera pasando en grande, pero no tardaría en sentir el peso de la conciencia sobre sus hombros.

Mientras, June aprovechaba para trazar un plan, uno en el que Freddie no participaría. Desde que su amiga le había gastado a Mademoiselle la broma del jabón mágico, June se había devanado los sesos tratando de idear una broma de su propia cosecha... Y esta vez estaba resuelta a llevarse la gloria ella sola. Se le había ocurrido algo que haría palidecer los esfuerzos de Freddie. La víctima, por supuesto, volvería a ser **la pobre e incauta Mademoiselle Dupont**; June sonrió para sí cuando se imaginó la reacción que causaría su jugarreta.

Al final de la clase de tercero, detrás de la mesa de June, había una puerta que encerraba un pequeño trastero. Dentro se guardaban libros viejos, objetos perdidos hacía siglos y todo tipo de cosas que nadie quería. Siempre estaba cerrado, pero June había descubierto que la llave estaba en el pequeño cuchitril del empleado de mantenimiento, colgada de un clavo; cuando la ingeniosa mente de la niña se puso en marcha, no tardó en dar con una idea magnífica que estaba segura que desconcertaría a Mademoiselle.

Esa noche, cuando las alumnas de tercero se preparaban para acostarse, Amy cogió uno de los frascos de crema que guardaba en su armario y desenroscó la tapa. La niña estaba muy orgullosa de su piel y poseía un montón de lociones y cremas diversas. Siempre estaba embadurnándose la cara con una cosa u otra y las demás le tomaban el pelo por ello.

—**Amy, ¿exactamente qué hacen todos estos potingues?** —le preguntó Felicity mirándola muy fascinada.

—Esta es una crema clarificante, para dar transparencia a la piel —respondió Amy mirándose en el espejo.

—Pues no funciona —saltó June—. ¡Aún podemos verte!

—¡Ah, muy graciosa, June! —dijo Amy—. Se supone que elimina las manchas y da luminosidad. Y ya se me ha terminado, así que tendré que pedirle a mamá que me mande más.

La niña tiró el frasco en la papelera y June le echó un vistazo, pensativa. Luego lo recogió.

—Amy, ¿te importa si me lo quedo? —le preguntó a la niña.

—Si quieres un frasco vacío... —respondió Amy, visiblemente sorprendida—. Aunque no veo de qué va a servirte, la verdad.

—Oh, ya sé para qué lo usaré —repuso June con una sonrisa—. **¡Espera y verás!**

June había decidido poner en práctica su plan ese lunes por la mañana y desvelárselo a las demás la víspera, cuando estuvieran todas reunidas en la sala comunitaria. Mientras la niña les contaba lo que pensaba hacer, las alumnas de tercero escuchaban, embelesadas, con los ojos muy abiertos y una sonrisa en los labios. Incluso Veronica estaba impaciente por ver lo que la bromista tenía preparado; al fin y al cabo, no era una niña muy estudiosa, y todavía menos cuando se trataba de francés; además, siempre estaba algo baja de moral los lunes por la mañana, cuando aún le quedaba toda una semana de clases por delante. Curiosamente, la única persona que no parecía muy entusiasmada con la idea era Freddie, que estaba callada y pensativa.

—*¿Te ocurre algo?* —le preguntó Felicity preocupada al ver que la niña no se comportaba como era habitual.

—¿Mmm? Oh, no; todo va bien, Felicity —respondió Freddie con aire distraído—. Es que estoy un poco cansada, eso es todo.

—Claro, estuviste fuera toda la tarde, ¿verdad? —preguntó Susan—. ¿Adónde fuiste?

June le lanzó a Freddie una mirada de advertencia que, sin embargo, fue innecesaria. La niña no tenía intención de decir nada que pudiera levantar sospechas acerca de su encuentro con la señora Dale y se limitó a responder con vaguedades.

—Oh, he ido a dar un largo paseo por el sendero de la costa y la brisa marina me ha dado sueño.

Felicity la observó con detenimiento y frunció el ceño. Freddie no parecía cansada, sino más bien preocupada por algo. June también estaba pendiente de su amiga, pero ***¡ella sabía perfectamente qué le ocurría!*** Freddie apenas había comido nada a la hora del té. Tal vez ya hubiera merendado en casa de la señora Dale, cabía esa posibilidad, pero eso no justificaba su aire tristón. June se las había arreglado para estar unos minutos a solas con Freddie antes de la hora de repaso.

—June —le había dicho su amiga, muy preocupada—, no lo pensé del todo bien cuando acepté sustituir a Amy. ¿Cómo voy a salir de esta situación? No puedo estar todo el curso haciéndome pasar por ella.

—Muy fácil —respondió June encogiéndose de hombros, despreocupada—. Tú sigue así un tiempo más y luego le dices que tus padres (bueno, los padres de Amy) te han mandado a otra escuela que está lejos de aquí.

—Supongo que podría hacer eso —suspiró Freddie—. Pero **¡es que me siento tan mal engañándola!** Es una mujer tan agradable.

—Sí, pero la estás engañando por una buena razón —insistió June tratando de convencerla—. La señora Dale estaba muy sola y ahora eso ha cambiado. Está mucho más contenta porque espera con ilusión tu visita. Y eso es bueno, ¿no?

Freddie asintió, no muy convencida, y June sonrió para sus adentros: la pobre niña tenía tantas preocupaciones en la cabeza que ya no estaría de humor para bromas y jugarretas. **¡Todo marchaba según lo previsto!**

Las alumnas de tercero esperaban con impaciencia un montón de cosas: además de la broma de June, ¡la semana siguiente iba a celebrarse ya la fiesta de mitad de trimestre!

—Y ¿van a venir tus padres, Bonnie? —preguntó Amy.

—¡Oh, sí! —respondió la niña dándole los últimos retoques a una falda que había hecho—. **¡Mamá tiene unas ganas locas de ver la escuela...!** ¡Y también a mí, claro!

Amy contemplaba a Bonnie mientras la niña terminaba el dobladillo con destreza, haciendo volar la aguja a través de la tela.

—¡Qué hábil eres con la aguja, Bonnie! —exclamó su amiga con admiración—. Me gustaría que algún día me cosieras algo.

Bonnie le dedicó a Amy una sonrisa angelical y le dijo con dulzura:

—Lo haré, si a cambio tú haces algo por mí.

Amy, que estaba acostumbrada a que la gente hiciera lo que le pedía sin dudarlo y sin exigirle negociaciones, preguntó, atónita:

—¿Qué quieres que haga?

Bonnie dobló con esmero la falda en la que había estado trabajando y, después de dejarla a un lado, dijo:

—Bueno, como ya debes de haber notado, el francés no se me da muy bien. Eso no me importa demasiado en clase de Mademoiselle Dupont, porque puedo ganármela fácilmente. Pero con Mademoiselle Rougier... Bueno, no sé qué hacer para caerle bien.

—Mademoiselle Rougier siempre detesta a las alumnas predilectas de Mademoiselle Dupont —apuntó Amy—. Me lo contó Veronica. Así que no puedes hacer nada para ganártela.

—Oh, claro que sí —respondió Bonnie muy convencida—. Siempre consigo caerles bien a los adultos. Es solo que algunos requieren más tiempo que otros. Pero mientras, Mademoiselle Rougier está siendo muy dura conmigo. Me ha devuelto todos los deberes que hice la otra tarde en clase de repaso (un montón de páginas) y espera que lo repita todo y se lo entregue a finales de esta semana. ¡Y no voy a poder hacerlo! ¡Es imposible!

—Así que si te ayudo con el francés, vas a hacerme un vestido, ¿es eso? —preguntó Amy.

Bonnie asintió con la cabeza.

—Si haces esto por mí, uno de estos días nos vamos al centro a la hora de comer y elegimos el patrón y las telas.

Como para Amy el francés era pan comido, aceptó sin dudarlo y las dos niñas se alegraron por el acuerdo. La que no estuvo tan contenta, sin embargo, fue Veronica. Parecía que Amy y Bonnie estaban cada vez más unidas, mientras que a ella la estaban dejando de lado. Tendría que estrujarse la cabeza para encontrar un modo de deshacerse de Bonnie. Y aún tenía otra cosa en mente. La celebración de mitad de trimestre estaba a la vuelta de la esquina; ella quería pasar el día con Amy y su familia, pero para eso tenía que idear un plan para que sus padres no aparecieran por la escuela. La niña frunció el ceño. ***¿Cómo era posible que un curso que había comenzado de forma tan prometedora estuviera yendo tan mal?***

CAPÍTULO 9

La crema clarificante

A la mañana siguiente, después de sentarse en clase, las alumnas de tercero no paraban de reír y charlar, esperando impacientes a que llegara Mademoiselle Dupont.

—Dios mío, **¡esto va a ser genial!** —se rio Pam.

—¡Y que lo digas! —respondió Felicity con una sonrisa—. June, ¿lo tienes todo listo?

Como respuesta, la niña levantó el frasco vacío de crema clarificante que Amy le había dado y la llave del pequeño trastero. La había cogido del clavo del que colgaba después de colarse en la habitación del empleado de mantenimiento, cuando él estaba fuera, y, con suerte, ¡la devolvería a su sitio antes de que el hombre se diera cuenta de que había desaparecido!

Esa mañana, sin embargo, la suerte no estaba del lado de June, porque la profesora que entró en clase no fue la rellenita Mademoiselle Dupont, sino ¡Mademoiselle Rougier! Las niñas se miraron unas a otras, sorprendidas, y una oleada de murmullos de decepción recorrió la habitación.

—¡Qué lástima! —le susurró Susan a June—. **Ya no podréis gastar la broma.**

June se quedó mirando el rostro severo de Mademoiselle Rougier. No podía soportar la idea de que todo el trabajo que se había tomado para preparar su plan hasta el más mínimo detalle hubiera sido en vano. Además, si seguía adelante, tendría el mérito de ser la única niña de la escuela que había tenido la valentía suficiente para gastarle una broma a Mademoiselle Rougier, ***¡y esa idea le parecía enormemente atractiva!*** Se ganaría un buen castigo, eso seguro, pero valdría la pena. Le guiñó un ojo a Susan y susurró:

—¡Tú espera y verás!

La noticia fue corriendo por toda la clase, murmurada de una niña a la otra:

—¡Van a seguir adelante con la broma! ¡June se la gastará a Mademoiselle Rougier!

—Es increíble lo valiente que es.

—Sabe que van a castigarla, pero a ella no le importa. ***¡Creo que no le tiene miedo a nada!***

—June es la niña más valiente de la escuela... ¡Incluso más que su prima Alicia! ¡Y sus bromas son geniales!

June oyó los comentarios que susurraban sus compañeras y se deleitó con ellos. Ninguna niña se le podía comparar cuando se trataba de gastar bromas... ¡Ni siquiera Freddie!

Mademoiselle Rougier también oyó los murmullos —aunque, por suerte, no entendió lo que decían las chicas— y, tensando los labios, descargó la regla contra el escritorio. Todas dieron un respingo.

—*Taisez-vous!* —ordenó con su voz ronca—. Bueno, Mademoiselle Dupont no ha podido dormir en toda la noche por culpa de un horrible dolor de muelas y esta mañana ha tenido que ir al dentista. Así que yo daré su clase de francés.

Mademoiselle paseó su mirada penetrante por toda la clase. Parecía cansada e irritada, y, de hecho, lo estaba, porque dormía en la habitación de al lado de la de Mademoiselle Dupont y los quejidos y gemidos de la profesora de francés la habían mantenido despierta casi toda la noche. Mademoiselle Rougier se llevó la mano a la boca para ocultar un bostezo y dijo:

—¡Bonnie!

—¿Sí, Mademoiselle? —respondió la niña con educación.

—**Dame los deberes que te devolví** —le ordenó Mademoiselle Rougier—. ¡Y esperemos que esta vez hayas conseguido hacer alguno de los ejercicios bien! Las demás, abrid vuestros libros de gramática por la página 21 y empezad a leer, *s'il vous plait.*

Bonnie cogió su libreta de francés, en la que había copiado con mucha atención el trabajo de Amy, y se levantó. Se volvió un momento hacia June y le guiñó un ojo, y después se encaminó hacia la mesa de la señorita y se quedó plantada justo delante, entorpeciéndole la visión de la clase.

Entonces June abandonó su sitio y se coló en el trastero, que había dejado abierto.

Al cabo de un rato, Mademoiselle Rougier acabó de corregir los deberes de Bonnie y observó a regañadientes:

—Bueno, mucho mejor, Bonnie. Por favor, vuelve a tu sitio.

La niña regresó a su silla y Mademoiselle Rougier se puso en pie.

—Bueno, vamos a... —La mujer se paró en seco, con el ceño fruncido, y preguntó bruscamente—: **¿Dónde está June?**

—Estoy aquí, Mademoiselle Rougier —dijo la voz de June.

—*Tiens!* —exclamó la profesora de francés—. **June, ¿estás escondida debajo de la mesa?** ¡Te ordeno que salgas enseguida!

—No estoy debajo de la mesa, Mademoiselle —respondió la niña desde el pequeño almacén—. Estoy sentada en mi sitio. ¿No me ve?

Nora, que era una actriz espléndida, levantó la mano y dijo con un tono de voz asustado:

—Mademoiselle Rougier, ¡creo que June se ha vuelto invisible!

La profesora de francés soltó un resoplido, sin creerse nada, y le espetó:

—¿Qué tontería es esta? June, te ordeno que salgas enseguida.

—Pero, Mademoiselle, **¡si estoy aquí!** —insistió, con voz lastimera.

La mayoría de las niñas tenía que hacer un gran esfuerzo para no romper a reír y, de haber sido Mademoiselle Dupont la víctima de la broma, ya habrían estallado en mil carcajadas. Pero era muy arriesgado reírse delante de la malhumorada Mademoiselle Rougier, cuyo enfado iba en aumento a medida que transcurrían los segundos, así que hicieron todo lo posible para controlarse.

La profesora de francés avanzó ofendida hacia el final de la clase y, tras pasar la mano por encima de la silla de June, se inclinó hacia delante y miró debajo de la mesa. Al verla, Susan ya no pudo más y soltó una risita, que enseguida trató de transformar en un ataque de tos. Mademoiselle se fijó entonces en el frasco vacío de crema que June había dejado encima de su escritorio y lo cogió.

—*Tiens!* ¿Y esto qué es? —preguntó.

Freddie, que, a pesar de sus preocupaciones, estaba disfrutando de la broma, dijo:

—Es la crema clarificante de June, Mademoiselle Rougier. La usa para mejorar la transparencia de la piel. ¡Oh! ¿Y si se ha puesto demasiada crema y se ha vuelto transparente del todo?

—¿Crema clarificante? ¿Transparencia de la piel? ¡Bah! ***¡Qué tontería!*** —exclamó la profesora de francés.

A pesar de sus palabras, Mademoiselle Rougier pareció algo alarmada cuando desenroscó la tapa del frasco de crema y se dio cuenta de que estaba vacío.

—¡Dios mío! ¡Se la ha puesto toda! —exclamó Nora, al parecer horrorizada—. Mademoiselle Rougier, ¿qué vamos a hacer?

—Sí, ¿y si se queda invisible para siempre? —preguntó Pam, alarmada.

—¡No pienso consentir que en mi clase haya niñas que se desvanezcan en el aire! —gritó Mademoiselle Rougier.

A varias de las niñas el comentario les pareció tan gracioso que tuvieron que meterse el pañuelo en la boca para ahogar la risa.

—Tengo que ir a informar enseguida a la señorita Grayling de la desaparición de June —dijo Mademoiselle volviéndose de golpe y encaminándose hacia la puerta.

En cuanto la profesora les dio la espalda, June salió a hurtadillas de su escondite y regresó a su sitio.

—¡Mademoiselle Rougier! —gritó Felicity—. ¡Ha vuelto! ***¡June ya es visible de nuevo!*** No hace falta que vaya usted a avisar a la señorita Grayling.

La profesora de francés se dio la vuelta y se sobresaltó al ver a la endiablada de June sentada de nuevo a su mesa.

—¡June! —gritó—. **¿Cómo te atreves a salir en mitad de la clase?**

—Pero, Mademoiselle, no he salido —protestó la niña—. No me he movido de aquí.

—Es verdad, Mademoiselle —confirmó Julie—. Todas hemos oído su voz.

—Sí, pero ¡no quiero oír la tuya, *ma chère* Julie! —espetó Mademoiselle Rougier, que estaba empezando a encolerizarse—. June, ¡a mí no se me toma el pelo tan fácilmente como a Mademoiselle Dupont! Sé que has hecho una de tus jugarretas y cuando descubra cómo has conseguido desaparecer y reaparecer de nuevo, **¡te habrás ganado un buen castigo!**

Dicho esto, Mademoiselle regresó con paso firme a la pizarra, haciendo sonar los zapatos contra el suelo. Y June, rápida como el rayo, saltó de su asiento y regresó de nuevo al almacén. Mademoiselle Rougier volvió la cabeza hacia la clase y soltó un grito, llevándose las manos a la cara en un gesto de desesperación.

—*Mon Dieu!* ¡La muy pícara ha vuelto a desaparecer!

—Lo siento, Mademoiselle. —De nuevo, la voz de June salía de la nada—. No he podido evitarlo.

En esta ocasión, las niñas apenas pudieron contener la risa, sin preocuparles el castigo de Mademoiselle Rougier. ¡Esa broma era tan genial que valía la pena! A Felicity las lágrimas le rodaban por las mejillas y Susan se retorcía de la risa. **¡Incluso Veronica se tronchaba!**

—¡Silencio! —rugió Mademoiselle Rougier descargando el

pie contra el suelo con tanta furia que un mechón de pelo se le soltó del moño que llevaba recogido en la parte trasera de la cabeza—. ¡**No pienso tolerar este comportamiento**, *méchantes filles*! ¡Esta noche me escribiréis todas una redacción de cincuenta líneas!

Al oír eso, las alumnas de tercero se calmaron un poco y dejaron de reír. Pero entonces se abrió la puerta de la clase y apareció Mademoiselle Dupont. Como el dentista le había aliviado el dolor de muelas, la menuda profesora de francés estaba de un humor excelente y les dedicó a todas una sonrisa de oreja a oreja.

—*Bonjour, mes petites! Bonjour, Mademoiselle Rougier!* Quería darle las gracias por haber dado la clase en mi lugar: sé que usted tampoco ha pasado una buena noche y debe de estar cansada. ¡Ay, cuánto me dolía esa muela! Pero ahora ya está todo resuelto.

—¡No, todo no, Mademoiselle Dupont! —respondió Mademoiselle Rougier con aire dramático—. Por favor, salgamos fuera: tengo que contarle una historia muy extraña.

En cuanto las dos profesoras de francés hubieron salido de la clase, June salió de nuevo de su escondite y, esta vez, cerró la puerta con la llave y se la metió en el bolsillo.

—Dios mío, June, ***¡ha sido una broma genial!*** —exclamó Nora cuando regresó a su sitio—. Pero ¡Mademoiselle Rougier está furiosa!

—Sí, me temo que vas a tener problemas serios, June —le advirtió Felicity.

—En absoluto —respondió la bromista con una sonrisa pícara—. Se me ha ocurrido una idea magnífica cuando Mademoiselle Dupont ha dicho que Mademoiselle Rougier había pasado mala noche. Y creo que podré arreglármelas para ahorrarnos escribir esa redacción. Freddie, coge ese frasco de crema y arrójalo por la ventana, que caiga entre los arbustos. Y ahora escuchadme todas: esto es lo que haremos...

Al cabo de unos instantes, las dos profesoras de francés entraron de nuevo en clase, y Mademoiselle Rougier se quedó de piedra al ver a June con la cabeza inclinada sobre el libro: parecía la imagen misma de la bondad.

—**¡Ah! ¡Mírela, Mademoiselle Dupont!** —exclamó la mujer cogiendo del brazo a la profesora de francés bonachona y señalando a June con la otra mano.

—Sí, ya lo veo. Es June, en su sitio, muy concentrada en su libro de francés —respondió Mademoiselle Dupont mirando a su colega un poco inquieta.

Lo que le había contado era asombroso y Mademoiselle Dupont estaba un poco preocupada por el estado mental de su compañera. Las alumnas no aparecían y desaparecían así como así: **¡eso era imposible!**

Las otras niñas, pobrecitas, también estaban muy concentradas en su trabajo, y probablemente no habría sido así si algo extraño le hubiera sucedido a una de sus amigas.

—¡June, has vuelto! —gritó Mademoiselle Rougier.

—¿Vuelto? —repitió June frunciendo el ceño con desconcierto—. Pero, Mademoiselle, ¡si no me he ido en ningún momento!

—Oh, ¡claro que sí! **¡Has desaparecido!** —insistió Mademoiselle Rougier—. Te has puesto esa crema clarificante, esa para la transparencia de la piel, y has desaparecido. Las demás han visto que te volvías transparente, invisible... ¿Verdad, niñas?

Las alumnas de tercero se miraron unas a otras, desconcertadas, y Felicity dijo:

—Mademoiselle Rougier, June ha estado aquí todo el rato.

—¿Crema clarificante? —preguntó Julie frunciendo el ceño, extrañada—. ¿Qué crema clarificante, Mademoiselle?

—Oh, pero **¡qué malas sois!** —chilló Mademoiselle Rougier acercándose con paso firme a la mesa de June—. Tratáis de tomarme el pelo. June, ¿dónde está esa crema? Abre el escritorio ahora mismo.

June obedeció, pero en el interior de su mesa no había más que libros, plumas y lápices.

—¡Te la has metido en la cartera, ¿verdad?! —le soltó Mademoiselle Rougier fuera de sí—. ¡Ve ahora mismo a buscarla!

June le dio su mochila, pero el frasco de crema tampoco estaba allí. **¡La pobre Mademoiselle Rougier no sabía qué pensar!** ¿Le estaban gastando una broma muy sofisticada o es que estaba perdiendo la razón?

Al cabo de un rato, June dijo con dulzura:

—Creo que ya sé lo que ha ocurrido. ¡Debía de estar soñando, Mademoiselle!

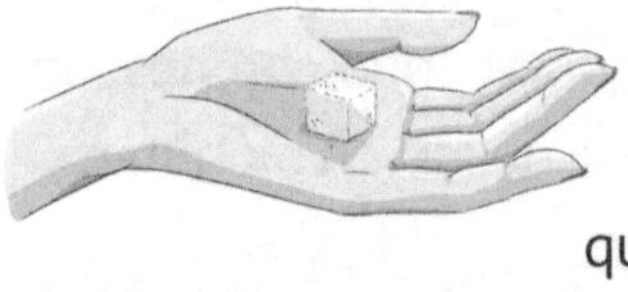

—June, por favor, ¡no digas tonterías! —le gritó la profesora de francés con desprecio—. ¿Cómo quieres que sueñe estando despierta?

Una vez más, las demás se miraron las unas a las otras y Felicity dijo solemnemente:

—Mademoiselle Rougier, es que se ha quedado usted dormida encima de su escritorio. Ha sido después de que Bonnie le entregara los deberes.

—*¡Yo nunca me he quedado dormida en plena clase!* —gritó Mademoiselle Rougier, avergonzada.

—Pues hoy lo ha hecho —aseguró Susan—. No le habríamos dicho nada si no hubiera empezado a hablar de la desaparición de June.

—Oh, ha sido por mi culpa —lamentó Mademoiselle Dupont—. Soy yo quien no la ha dejado dormir esta noche, Mademoiselle Rougier. ¡No me extraña que se haya quedado dormida encima de la mesa! Vamos, será mejor que regrese a la cama y se pase el resto de la mañana descansando, para recuperar el sueño atrasado. Ya me encargo yo de su siguiente clase. Vamos, todo irá bien.

Y Mademoiselle Rougier, convencida de que todo el episodio no había sido más que un sueño extraño, salió en silencio de la clase.

—¡Y lo mejor es que cree que la redacción que nos ha mandado también formaba parte del sueño! —se rio Nora—. ¡Bien hecho, June!

—*Sí, ha sido una broma espléndida* —dijo Freddie cogiendo a June del brazo—. Me ha ayudado a olvidarme de mis preocupaciones durante un rato. Y nadie podría haberla llevado a la práctica tan bien como tú, June. ¡No tengo palabras!

De algún modo, se propagó por la escuela que June había

conseguido tomarle el pelo a Mademoiselle Rougier. El rumor llegó incluso a oídos de las de sexto, y Amanda Chartelow se acercó un día a June con una sonrisa de oreja a oreja.

—No te olvides de que esta tarde tenemos entrenamiento de *lacrosse* —le dijo—. **¡Espero que no hagas uno de tus números de desaparición!**

Bonnie también aprovechó la broma de June para ganarse a Mademoiselle Rougier. La niña recogió un enorme ramo de flores del jardín y se lo llevó a la profesora de francés ese mismo día, algo más tarde.

—Oh, Mademoiselle Rougier, ¡estaba tan preocupada por usted! —le dijo con una suave vocecilla—. Cuando estaba enferma, muy a menudo tenía problemas para dormir y sé lo cansado que se está al día siguiente.

Mademoiselle Rougier, sorprendida y bastante conmovida, aceptó las flores de Bonnie y le dijo:

—Gracias, *ma chère*. **Eres muy amable, de verdad**.

La niña le dedicó una de sus sonrisas más encantadoras y siguió su camino. Y, a partir de ese día, Mademoiselle Rougier ya no pudo olvidar el detalle que Bonnie había tenido con ella y fue mucho más amable con la chica.

—Entonces la única a la que no has conseguido seducir es a la señorita Peters —dijo Nora en la sala comunitaria esa misma noche—. Y es un hueso duro de roer. Es mejor que te olvides de eso, Bonnie.

—Te apuesto una barra de caramelo a que lo consigo —le soltó la niña sin dudarlo.

—¡Hecho! —exclamó Nora—. Si no has logrado meterte a la señorita Peters en el bolsillo a final de curso, **¡me debes una barra de caramelo!**

CAPÍTULO 10

Mitad de trimestre

Por fin llegó la fiesta de celebración de mitad de trimestre, y en la escuela todo el mundo estaba emocionado. Incluso las dormilonas como Nora y Amy saltaron de la cama a primera hora, impacientes por empezar el día. Felicity se moría de ganas de ver a sus padres, y Bonnie quería que los suyos la mimaran de nuevo. Amy contaba los minutos para poder presumir ante las demás de su atractivo padre y su bella madre. Veronica era la única que recibía el día con sentimientos contradictorios: aunque lo había intentado, no había conseguido hallar el modo de evitar que sus padres aparecieran en la celebración de mitad de trimestre. No es que no los quisiera, pero tenía la sensación de que no eran lo bastante buenos para ella... y, por supuesto, ¡tampoco para la familia de Amy!

Pero las cosas se arreglaron solas: cuando las familias de las alumnas empezaron a llegar, la señorita Grayling hizo llamar a Veronica para que fuera a su despacho.

—**Veronica, me temo que tengo malas noticias para ti** —le anunció la directora después de saludarla—. Tu padre me ha telefoneado para decirme que ni él ni tu madre podrán venir. Al parecer tu mamá tiene la gripe y, aunque esperaban que hoy se encontrara lo bastante bien como para poder viajar, aún está demasiado débil.

—Entiendo... —dijo Veronica sintiéndose un poco culpable. Había deseado que sucediera algo que boicoteara la visita de sus padres, pero ¡tampoco quería que su madre cayera enferma!

—***Pero mamá se recuperará, ¿verdad?*** —le preguntó a la directora de la escuela, un poco angustiada.

—¡Por supuesto, cariño! —respondió la señorita Grayling con dulzura—. Ahora mismo solo necesita mucho descanso. Vamos, ve a reunirte con las demás.

Una vez supo que su madre no tenía nada grave, ¡Veronica intentó concentrarse en pasárselo bien! Seguro que Amy le

pediría que fuese a comer con su familia, y Veronica haría lo posible para impresionarlos. ¡Tal vez incluso la invitarían a quedarse unos días con ellos en vacaciones!

Bonnie también se llevó una decepción: recibió un mensaje de sus padres en el que le decían que se les había averiado el coche; al parecer, tenían que esperar a que un mecánico fuera a repararlo, de modo que no podrían llegar a Torres de Malory hasta la mañana siguiente.

—Bueno, al menos pasarás un día con ellos —la consoló Felicity, al ver su expresión tristona—. Es mejor eso que nada. *Vamos, ¡anímate, Bonnie!*

Cuando la chica se alejó, Felicity le confesó a Susan:

—La verdad es que me da pena... Pero, a la vez, espero que mamá no la invite a pasar el día con nosotros. Suena muy egoísta, ¿verdad?

—¡Por supuesto que no! —exclamó Susan mostrándole su lealtad—. Es muy comprensible que quieras estar a solas con tus padres el día de la fiesta de mitad de trimestre. ¡Yo tampoco querría compartir los míos con Bonnie!

—¡Eh! —gritó Pam plantada junto a la ventana del dormitorio—. Están llegando más coches. Dios mío, *¡fijaos en ese Rolls Royce!*

—¡Ah! ¡Debe de ser el de mis padres! —saltó Amy, corriendo hacia la ventana con tanto ímpetu que estuvo a punto de tirar al suelo a la pobre Julie—. ¡Sí, son ellos! ¡Tengo que bajar a saludarlos!

—Felicity, creo que tus padres también están aquí —anunció Pam—. Y los míos vienen detrás... ¡Yupiii! Vamos, bajemos todas.

Muy pronto los familiares recién llegados y las niñas llena-

ron los jardines, envueltos en risas y animadas conversaciones. Mientras hablaba entusiasmada con sus padres, Felicity vio a Julie con su madre y su hermano mayor, ambos pelirrojos y cubiertos de pecas, como la niña. Luego Felicity se fijó en Pam, que paseaba cogida del brazo de sus padres, y en June, que compartía una broma con uno de sus hermanos. Y, algo más lejos, hablando con Mademoiselle Rougier, estaba Amy, junto a su madre. Felicity no pudo evitar echarle un vistazo curioso a la señora Ryder-Cochrane. *Era tan encantadora como parecía en la fotografía*, pero, al ver el aspecto que le daban los ojos verdes de gato, Felicity decidió que no le caía demasiado bien. El padre de Susan, un hombre alto y alegre, estaba cerca, ¡manteniendo una conversación con el señor Ryder-Cochrane!, según vio Felicity, conmocionada. ¡Y el padre de Amy no encajaba en absoluto con la imagen que la niña se había formado de él! Era un hombre muy distinguido, y se le veía relajado y despreocupado: se rio con ganas al oír algo que le había dicho el padre de Susan. No podía haber estado más lejos del hombre frío y esnob que Felicity se había imaginado. *¡Debía de ser muy buen actor!* Y entonces el señor Ryder-Cochrane la descubrió observándolo y le ofreció a Felicity una sonrisa. La niña, sin embargo, se acordó de repente de la señora Dale y de lo sola e infeliz que estaba por culpa de ese hombre, así que esbozó una sonrisita tensa y educada, y se volvió de espaldas.

Freddie también se había fijado en los padres de Amy, pero estaba tan enfadada con esa pareja que apenas se atrevía a mirarlos. De no haber sido por la actitud estúpida y engreída del señor Ryder-Cochrane y por la debilidad de su esposa, incapaz de plantarle cara, **¡Freddie no se encontraría en la situación incómoda en la que estaba!**

La niña, tal como le había pedido la señora Dale, había ido a visitar a la anciana el día anterior y se había sentido más culpable que nunca. Al principio, el encuentro había sido muy agradable y ambas habían charlado de muchas cosas, pero luego la mujer empezó a contarle partes de la historia de la familia, y le mostró algunas fotos de la madre de Amy cuando era pequeña. Freddie se sintió incómoda..., casi como si le estuviera robando a Amy una parte de su vida. Esa mañana la impostora estaba encantada de poder disfrutar de la compañía de sus padres, cariñosos y sensatos, y los abrazaba con todas sus fuerzas. Estaba decidida a no permitir que la culpa le estropeara el día; quería divertirse, pero no le resultaba nada fácil. ¡Cuánto le habría gustado poder contarles a sus padres lo que le estaba ocurriendo con la señora Dale! Pero, por supuesto, no podía. **¡Los decepcionaría tanto!**

Bonnie y Veronica, al ser las únicas alumnas de tercero a las que no habían ido a ver sus familiares, acabaron juntas, ¡cosa que no le gustaba a ninguna de las dos! La buena de Mademoiselle Dupont, al verlas merodeando apartadas de las demás, se les acercó y les dijo con aire compasivo:

—Ah, *les pauvres petites*! Aunque todas las demás se vayan con sus queridos padres, no tenéis por qué estar tristes: disfrutaremos de una comida espléndida en el comedor de la escuela y las dos os sentaréis conmigo, *n'est-ce pas?*

Veronica asintió con educación y Bonnie esbozó una de sus dulces sonrisas, pero ambas esperaban de todo corazón que alguien las invitara a comer fuera. Bonnie ya les había dejado caer varias indirectas a Felicity y sus padres, pero el señor y la señora Rivers, obedeciendo el mensaje silencioso que leyeron en la mirada de su hija, no les hicieron ningún caso. Así que todas las esperanzas de ambas niñas recaían ahora en Amy.

La niña se acercó con sus padres a sus dos amigas y se los presentó. Mientras la señora Ryder-Cochrane saludaba a Bonnie, su esposo se volvió hacia Veronica y trató de entablar con ella una conversación. Sin embargo, ese hombre parecía tan distinguido que la niña se quedó muda y no pudo articular más que síes o noes como respuesta a sus preguntas. Bonnie, sin embargo, estaba decidida a impresionar a la pareja, y miraba a la madre de Amy mostrándole su admiración mientras alababa su caro vestido y su peinado impecable. La señora Ryder-Cochrane, hasta entonces un poco aburrida, se animó y decidió que Bonnie era una cosita encantadora.

—Bonnie es la niña sobre la que os escribí, mami —dijo Amy—. *La que hace esa ropa tan bonita.*

Veronica escuchó ese comentario con aire sombrío. Al parecer, Amy no la había mencionado en las cartas que les había mandado a sus padres. Y no le gustaba el modo en que la señora Ryder-Cochrane parecía haberse encariñado con Bonnie. Veronica le dio a la niña una palmadita en el hombro y le dijo:

—Ya casi es hora de comer. Será mejor que vayamos a prepararnos.

—Por supuesto —respondió Bonnie tratando de darle a su sonrisa un aire valiente y a la vez patético—. Oh, cuánto me gustaría que mis padres estuvieran aquí y me llevaran a un restaurante. Aunque **¡seguro que la comida de la escuela estará deliciosa!** ¡Vamos, Veronica!

Cuando las dos niñas se dirigían a la escuela, la señora Ryder-Cochrane le dijo a Amy en voz baja:

—¿Por qué no le preguntas a Bonnie si quiere acompañarnos, cariño? Parece una niña tan dulce...

—Oh, mami, ¿puedo? —preguntó Amy, con un brillo nuevo en la mirada. Siempre le gustaba que la admiraran por la belleza de su madre y le había entusiasmado ver lo mucho que había impresionado a Bonnie—. Voy a decírselo ahora mismo.

—Pero ¿y la otra niña? —dijo el señor Ryder-Cochrane—. No me parece correcto dejarla aquí sola. Amy, mejor invítalas a las dos.

Pero Amy ya había salido corriendo detrás de Bonnie y no oyó lo que le decía su padre.

—¡Bonnie! —gritó cuando se acercaba a sus dos compañeras—. **Mami dice que puedes venir con nosotros a comer.** Será mejor que vayas a avisar a la señorita Peters, para que no crea que has desaparecido, pero ¡date prisa!

Luego regresó a la carrera con sus padres, mientras Bonnie se apresuraba a salir en busca de la señorita Peters. Veronica se quedó sola y triste, y a Felicity, que estaba cerca y lo había oído todo, se le partió el alma. «Ya le vale —pensó, indignada—. ¡También debería haberla invitado!».

Al ver los hombros caídos de la niña mientras se alejaba, Felicity sintió un pinchazo en el corazón y tomó una decisión repentina. Sin apenas tener tiempo de pensar si iba a arrepentirse luego, Felicity fue tras Veronica y la agarró del brazo.

—Veronica, vamos, date deprisa —le dijo—. *¡Tú te vienes conmigo y con mis padres!*

Durante un instante, Veronica creyó que no la había oído bien y se quedó allí plantada, mirándola a los ojos. Felicity la sacudió ligeramente.

—Quieres venir, ¿no? —le preguntó—. No haremos nada del otro mundo, solo un pícnic y un paseo por la playa, pero es mejor que quedarte aquí sola.

Veronica encontró por fin la voz y tartamudeó unas gracias, pero Felicity la interrumpió:

—¡Déjate de gracias! Ve a buscar el abrigo mientras yo corro a decírselo a la señorita Peters. ¡Nos encontraremos aquí dentro de cinco minutos!

El señor y la señora Rivers se quedaron algo sorprendidos al saber que Felicity había invitado a una extraña al pícnic de la familia, pero eran demasiado educados para contradecir la decisión de su hija e hicieron todo lo posible para que Veronica se sintiera a gusto.

Cuando ya estaban entrando en el coche, el Rolls Royce de los Ryder-Cochrane los adelantó y Amy y Bonnie se sorprendieron al ver a Felicity y a Veronica juntas.

—¡Qué raro! —exclamó Amy—. *Siempre había pensado que Veronica no podía soportar a Felicity.*

—Y yo que Felicity no podía soportar a Veronica —dijo Bonnie, que tuvo celos al ver a las dos niñas juntas.

¿Por qué demonios, en lugar de pedírselo a ella, Felicity había invitado a Veronica?, pensó Bonnie. La niña le estuvo dando vueltas durante todo el trayecto hasta el restaurante. Quizá había pasado demasiado tiempo con Amy y había descuidado su relación con Felicity. Aunque había sido precisamente idea de ella que se hiciera amiga de Amy, así que debería entenderlo. Pero, a su manera, Bonnie le había cogido mucho afecto a Amy; su amistad se había ido afianzando y lo cierto es que disfrutaba de su compañía. Tal vez Felicity se había dado cuenta de ello y había invitado a Veronica para vengarse de Bonnie. Sí, esa era la única explicación posible, porque ***¿cómo iba Veronica a caerle bien a Felicity?*** Bonnie decidió que, al regresar a la escuela, le dedicaría más tiempo a Felicity y le demostraría que su amistad seguía siendo importante para ella.

Mientras, Felicity, por suerte ajena a los pensamientos de Bonnie, se lo estaba pasando en grande. Y Veronica, por extraño que parezca, también. Al principio la niña se había sentido algo incómoda y se había comportado con timidez con el señor y la señora Rivers, pero eran una pareja tan encantadora que la tensión no tardó en disiparse. Veronica enseguida hizo buenas migas con la señora Rivers, quien, siempre afable y cariñosa, le recordaba mucho a su madre. Mientras paseaba con ella por la playa, viendo a Felicity y al señor Rivers recogiendo conchas unos pasos por delante, Veronica sintió un pinchazo en el corazón. ***¿Cómo había podido ser tan estúpida y retorcida como para desear que sus padres no aparecieran ese día?*** Bueno, pues su deseo se había cumplido y ahora sentía una necesidad enorme de ver a su madre y hablar con ella.

Y con su padre también. La niña dejó escapar un suspiro y la señora Rivers le preguntó con dulzura:

—*¿Estás bien?*

—Solo pensaba en mis padres —respondió con una sonrisa triste—. Espero que mi madre no se encuentre demasiado mal.

—Pobrecita —respondió la madre de Felicity cogiéndola de la mano. Y entonces se le ocurrió una idea y le preguntó a la niña—: ¿Por qué no le pides a la señorita Grayling que te deje llamarlos por teléfono esta noche? Estoy segura de que no le importará, teniendo en cuenta las circunstancias. Y, cuando hayas podido hablar un poco con tus padres y sepas que tu madre está bien, dormirás mucho mejor.

Veronica se animó enseguida.

—*Oh, eso sería maravilloso* —dijo—. ¿De verdad cree que la directora me dejará?

—Bueno, si quieres, Veronica, te acompaño al despacho de la señorita Grayling cuando regresemos a Torres de Malory —se ofreció la señora Rivers—. Estoy convencida de que no se negará.

—Gracias, señora Rivers —se limitó a decir Veronica—. Ha sido usted tan amable conmigo...

Esa noche, en el dormitorio, Veronica se acercó a Felicity y también le dio las gracias.

—*Ha sido todo un detalle que me invitaras* —le dijo—. Me lo he pasado muy bien... y creo que eres muy afortunada de tener unos padres así.

—Yo también lo creo —repuso Felicity con una sonrisa, maravillada por el cambio de actitud de Veronica.

La señora Rivers, tal como había prometido, le preguntó a la señorita Grayling si la niña podía llamar a sus padres. La directora, por supuesto, se lo permitió y Veronica se sintió mucho mejor en cuanto hubo hablado con su padre y supo que su madre se estaba recuperando. Después entró en la sala comunitaria con una sonrisa de oreja a oreja y las alumnas de tercero se la quedaron mirando sorprendidas.

—*Hoy he conocido otra cara de Veronica* —le dijo Felicity a Susan—. Parecía mucho más..., no sé..., mucho más agradable y más humilde.

June, que se había sentado cerca, soltó un resoplido cargado de desprecio.

—No te dejes engañar, Felicity. ¡Eres demasiado blanda! —exclamó.

—¡Siempre me dices lo mismo! —le soltó Felicity, irritada—. Pero solo alguien sin corazón no hubiera sentido lástima de Veronica hoy. Debe de ser muy duro estar sola cuando todas las demás tienen a su familia aquí.

—Está fingiendo para ganarse tu simpatía —se burló June—. Aunque lo que realmente quería era la simpatía de Amy... y comer en un restaurante elegante. Pero la cosa no le ha funcionado, así que ha tenido que buscar tu apoyo, Felicity. *¡Veronica va a volver a ser la misma de siempre muy pronto, ya verás!*

—Quizá vosotras dos deberíais estar de acuerdo en no estar de acuerdo —dijo la sensata y equilibrada Susan mirando primero la carita afligida de Felicity y luego el rostro burlón de June—. Vamos, ha sido un día genial. No lo estropeemos con una discusión sin importancia.

—¡Mi querida Susan! —respondió June con una sonrisa—. Siempre tratando de arreglar las cosas.

No, no me mires así, Felicity, porque no tengo intención de pelearme contigo. Como ha sugerido Susan muy sabiamente, estaremos de acuerdo en no estar de acuerdo.

Y dejaron el tema, aunque Felicity seguía algo enfadada con June. El problema, pensaba, era que June estaba siempre tan segura de sí misma que hacía dudar de sus opiniones a las que no lo estaban tanto, como la propia Felicity. Así que cuando Veronica entró en el dormitorio y le dio las gracias por ese día, Felicity se animó.

Sin embargo, al día siguiente, domingo, Veronica volvía a estar junto a Amy. Los padres de Bonnie llegaron para llevarse a su hija a dar una vuelta, así que Amy invitó a Veronica a pasar el día con ella y sus padres.

Felicity, que no lo sabía, salió a buscar a Veronica y le dijo generosamente:

—Oye, Veronica, si te apetece venir de nuevo con mis padres y conmigo, serás muy bienvenida.

—***Oh, eres muy amable, Felicity*** —dijo la niña sonrojándose, algo incómoda—, pero es que Amy acaba de invitarme a pasar el día con su familia y he aceptado.

—Oh, bueno, como quieras, claro —respondió Felicity encogiéndose de hombros, con indiferencia.

Por dentro, sin embargo, se preguntaba cómo era posible que Veronica pudiera tener tan poca dignidad: ***¡se iba con Amy después de que la hubiera dejado tirada el día anterior!***

Claro que tampoco era asunto suyo y le encantaba poder tener a sus padres solo para ella. De todos modos, esperaba que June no estuviera en lo cierto con respecto a Veronica. ¡Ya era bastante arrogante de natural!

CAPÍTULO 11

Problemas en tercero

—Todo parece tan aburrido después de la fiesta de mitad de trimestre —protestó Nora a la hora del patio cuando las alumnas estaban en el jardín—. ¡Necesito un poco de animación! ***June, ¿no podrías preparar otra de tus bromas?***

—No, este curso ya hemos gastado dos. No quiero que os malacostumbréis. Además, si hacemos demasiadas tonterías, acabarán por convertirse en algo normal y la gente no las valorará como se merecen.

—¡Aguafiestas! —le soltó Nora con una mueca—. ¿Y tú qué dices, Freddie? ¿No podrías preparar algo para hacernos reír un poco?

Pero Freddie, que parecía vivir encerrada en su propio mundo, no había oído una palabra y, hasta que June no le dio con el codo, no se dio cuenta de que Nora estaba hablando con ella.

—Lo siento —se disculpó Freddie con aire distraído—. ¿Qué decías?

Nora le repitió la pregunta.

—Me temo que ahora no estoy para inventar bromas o jugarretas —respondió Freddie sacudiendo la cabeza, muy apagada.

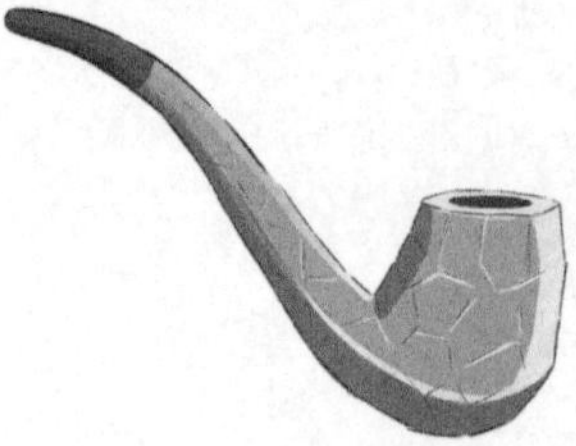

Felicity frunció el ceño al oírla. En los últimos tiempos, el habitual sentido del humor de la niña parecía haberse desvanecido. Más tarde, cuando estaba a solas con Susan, Felicity se lo comentó.

—*Ya no parece la Freddie alegre y divertida de antes* —coincidió Susan—. Quizá le está costando un poco seguirle el ritmo a June, que, a pesar de sus locuras, en clase siempre es brillante. Pero Freddie no es tan lista como ella, y necesita concentrarse más para sacar buenas notas.

—Sí, probablemente tienes razón —admitió Felicity, relajando las facciones—. Darrell acostumbraba a decir que Alicia también era así. Esperemos que sea solo eso.

—Antes te he visto hablando con Bonnie —observó Susan cambiando de tema—. Parece que, desde la fiesta de mitad de trimestre, cada vez pasa más rato contigo.

—Sí, ya me he dado cuenta —dijo Felicity, algo cansada—. Trata de convencerme para que vaya con ella y con Amy y, aunque me he negado ya un montón de veces, no deja de insistir. La verdad, por ser alguien tan delicado y de aspecto tan frágil, ¡tiene la piel muy dura!

—Bueno, ¡menos mal que conseguimos arreglárnoslas para que pasara tiempo con Amy! —exclamó Susan—. De no ser así, no podría haberte tenido nunca para mí sola.

—*Sí, nuestra estrategia ha funcionado de maravilla* —observó Felicity—. Aunque no creo que Bonnie estuviera muy contenta si llegara a enterarse de que solo le sugerí que tratara de separar a Amy de Veronica porque tú y yo no queríamos tenerla encima todo el día. Y Veronica también se pondría como una furia.

—Bueno, gracias a Dios, **ninguna de las dos lo descubrirá nunca** —dijo Susan con aire satisfecho.

Pero estaba muy equivocada. Porque, justo en ese instante, Veronica se encontraba al otro lado de la puerta de la sala comunitaria. Como era habitual, no había pretendido espiarlas; solo había ido hasta allí para recoger algo. Pero, al oír voces, la tentación de escuchar había sido más fuerte que ella. Y ahora tenía sentimientos enfrentados: por un lado, saber que Bonnie se había hecho amiga de Amy solo para hacerle un favor a Felicity podía resultarle muy útil, pero también le había hecho daño que Felicity hubiera utilizado a Bonnie para romper su amistad con Amy. Desde el día de la celebración de mitad de trimestre, había empezado a ver a Felicity con mejores ojos, pero de repente el resentimiento y el rencor que siempre había sentido por ella habían regresado. **¿Quién se creía que era esa Felicity Rivers?** Bueno..., ¡pues se iba a llevar una sorpresa! ¡Y la odiosa de Bonnie, también!

En los días siguientes, la actitud de Veronica fue exasperando a Bonnie cada vez más. La niña no paraba de lanzarle miradas misteriosas y dedicarle extrañas sonrisas de aire triunfal que Bonnie no alcanzaba a comprender. Veronica, como era de esperar en ella, disfrutaba paladeando la nueva información y guardándosela para sí hasta encontrar el momento oportuno de contarle la verdad a Amy. Y ese momento llegó después de una clase de arte.

La señorita Linnie, la profesora de arte, era una mujer bonachona de trato fácil, y dejaba que las niñas se sentaran donde quisieran. Amy tomó asiento junto a la ventana, y Veronica y Bonnie se dirigieron hacia la mesa desocupada que la niña tenía al lado. Bonnie llegó primero y plantó el trasero en la silla delante de las narices de una Veronica fastidiada.

—Yo siempre me siento al lado de Amy —protestó la niña.

—Bueno, pues será un buen cambio para ella que esté yo en tu lugar —le dijo Bonnie suavemente, levantando la mirada hacia ella, con ese aire inocente que Veronica no podía sufrir—. Largo, Veronica.

Pero Veronica no pensaba rendirse tan fácilmente, así que dijo con los dientes apretados:

—*No pienso irme a ninguna parte, pringada.* ¡Levántate ahora mismo!

Amy, siempre encantada de que la gente se peleara por ella, no metió baza en la discusión y se dedicó a mirar por la ventana con actitud altiva. Fue la señorita Linnie quien tuvo que intervenir.

—¡Ya está bien, niñas! —les dijo con calma, pero también con firmeza—: Veronica, ahí hay una silla libre, al lado de Julie. Por favor, siéntate allí.

Veronica no se atrevió a desobedecer a la profesora, y se alejó a regañadientes para sentarse al lado de Julie, mientras Bonnie saboreaba su victoria.

Las clases de la señorita Linnie siempre eran muy libres y fáciles de seguir, así que las niñas charlaban unas con otras mientras trabajaban. Veronica contemplaba a Amy y a Bonnie con el ceño fruncido: las dos amigas hablaban y se reían con ganas, cabeza con cabeza. Pero *¡pronto se le pasarían a Bonnie las ganas de reírse!*

Una vez terminada la clase de arte, cuando todas las alumnas ya estaban fuera, Veronica se acercó a Bonnie y Amy.

—¡Me encantan las clases de la señorita Linnie! ¿A ti no? —le preguntó Bonnie con dulzura—. Amy y yo no hemos parado de hablar en todo el rato.

—¿Ah, sí? —respondió Veronica con una sonrisa y un brillo peligroso en la mirada—. *Y ¿le has contado que empezaste a hacerle la pelota solo porque Felicity Rivers te lo pidió?*

Bonnie se quedó blanca y Amy ahogó un grito y musitó:

—Bonnie, ¿es eso cierto?

—Es... es verdad que Felicity me pidió que tratara de hacerme amiga tuya —tartamudeó Bonnie. Luego le lanzó a Veronica una mirada llena de rencor y prosiguió—: Quería que te apartara de la mala influencia de Veronica. Pero desde el principio me caíste bien de verdad, Amy, y ahora que te conozco más, todavía me caes mejor. Por favor, ¡dime que aún podemos seguir siendo amigas!

Amy se estremeció sacudida por la indignación. Estaba acostumbrada a que la gente rivalizara por conseguir su amistad, y le resultaba muy difícil digerir que Bonnie se hubiera hecho amiga suya solo porque se lo había pedido Felicity.

—*Creo que me quedaré con Veronica* —respondió con voz glacial—. Al menos sé que ella es una amiga de verdad. Vamos, Veronica.

—Un momento —dijo Veronica—. Bonnie, aún tengo algo que decirte. Mira, si Felicity te pidió que te hicieras amiga de Amy fue porque Susan y ella estaban hartas de que las siguieras a todas partes: piensan que eres un plomo. Y, la verdad, las entiendo muy bien.

Bonnie, muy dolida y con unas ganas locas de vengarse de Veronica, le soltó:

—Y ¿se puede saber cómo lo has descubierto, Veronica? Espiando y escuchando detrás de las puertas, supongo.

Al ver la mirada de culpabilidad de la niña, Bonnie enseguida supo que había dado en el clavo y añadió, con desdén:

—Lo que imaginaba. **¡Eres despreciable, Veronica!**

—Pues yo me alegro muchísimo de que Veronica lo haya descubierto todo —le soltó Amy con arrogancia—. De no haber sido así, nunca habría sabido lo falsa y rastrera que eres, Bonnie.

Y, una vez dicho esto, cogió a Veronica del brazo y las dos niñas se alejaron, dejando a Bonnie sola con sus pensamientos, que, por desgracia, no eran precisamente alegres. Había perdido su amistad con Amy y, al parecer, Felicity tampoco quería su compañía. La pobre Bonnie se echó a llorar. **¿Era eso lo que Felicity pensaba de ella, que era un plomo?** Y ¿de verdad prefería estar con ese muermo de Susan? Bueno, solo había un modo de averiguarlo... Preguntárselo a Felicity.

La sala comunitaria de tercero estaba muy llena esa tarde y las niñas armaban mucho jaleo. Nora había puesto un disco en el gramófono y bailaba con Pam al son de la música, haciendo el tonto, mientras las demás se reían con ganas. Cuando la música cesó, Bonnie dijo levantando la voz:

—¡Felicity, tengo que hablar contigo! ¿Es verdad que me animaste a hacerme amiga de Amy porque querías que te dejara en paz?

Al ver el dolor y la rabia en los ojos de la niña, Felicity se mordió el labio. Enseguida supo que no le serviría de nada andarse con evasivas: había llegado el momento de ser clara con Bonnie.

—Sí —dijo—. Es verdad. *Siento que te hayas disgustado, Bonnie…* He tratado de decírtelo suavemente, pero no había modo de que lo captaras.

Las demás alumnas de tercero se habían quedado en silencio, y escucharon atentamente cuando Felicity continuó:

—Susan es mi mejor amiga, eso lo sabías desde el principio. Y siempre lo será. Nadie puede arrebatarle ese puesto. —Luego, al ver que Bonnie estaba a punto de romper a llorar, añadió con más delicadeza—: Tú y yo tenemos muy poco en común, Bonnie, pero a ti y a Amy os interesan las mismas cosas. Está claro que las dos deberíais ser amigas.

—¡Perdona, Felicity! —saltó Amy, muy enfadada, poniéndose en pie de un salto—. *Pero a mis amigas prefiero elegirlas yo, si no te importa.* Y te aseguro que no quiero tener nada que ver con alguien que solo ha sido amable conmigo para hacerte un favor.

Y, dicho esto, salió a grandes zancadas de la habitación y dio un portazo tras de sí.

Susan, que había escuchado todo lo ocurrido con el ceño fruncido, añadió:

—Mira, Bonnie, ni Felicity ni yo pretendíamos que llegaras a saberlo, y nos sabe muy mal que tú y Amy os hayáis peleado por culpa de esto.

—*¿Cómo lo has descubierto?* —le preguntó Felicity, que había estado dándole vueltas.

—Me lo ha dicho Veronica —respondió Bonnie lanzándole una mirada maliciosa a la culpable—. Adivina tú misma cómo ha conseguido la información.

Felicity enseguida se volvió hacia Veronica y le gritó, indignada:

—**¡Así que ya has estado espiando otra vez!** Después de invitarte el día de la celebración de mitad de trimestre, creí que tal vez habrías pasado página, pero ya veo que sigues siendo la misma de siempre.

Varias de las presentes miraron a Veronica con desprecio y las mejillas de la niña se sonrojaron... hasta que recordó otro detalle que había oído.

—Pues menos mal que lo hice —replicó—, porque descubrí que incitaste a Bonnie para que estropeara mi amistad con Amy. ¡Así que no te atrevas a ir con tantos humos conmigo, Felicity Rivers!

Y entonces Veronica también salió de la sala hecha una furia y June, que había estado observando la dramática escena sin perderse un detalle, se echó a reír.

—¡Bien hecho, Felicity! —exclamó—. Esta tarde ya has conseguido expulsar de la sala a dos personas.

—**¡Oh, cállate, June!** —le soltó la delegada, que esa noche no estaba de humor para aguantar sus bromas maliciosas.

June no dijo nada más, pero volvió a recostarse en su asiento con el rostro sonriente, a la espera de que siguiera el espectáculo. Freddie miró a su amiga con dureza y, al verla disfrutando de lo lindo del drama, se dio cuenta de pronto (con cierta sorpresa) de que su amiga se crecía con los problemas. Y cuando la vida seguía tranquilamente y en paz, ella se encargaba de armar algún lío. Por primera vez, Freddie tuvo una duda: ¿había June pensado en la felicidad de la señora Dale cuando le sugirió hacerse pasar por Amy? ¿Había actuado de buena fe o solo la había utilizado como si fuera una marioneta para gastar una broma extravagante que sabía que acabaría acarreando problemas? Pero no había tiempo de pensar en eso entonces: Bonnie se había vuelto a enfrentar a Felicity.

—*¡Espero que estés satisfecha, Felicity Rivers!* —le gritó con voz temblorosa—. Tú no me quieres tener como amiga, y ahora, gracias a ti, Amy tampoco. ¡Me he quedado sola! ¡Totalmente sola!

Y entonces rompió a llorar escandalosamente y salió corriendo de la habitación, mientras June se jactaba:

—¡Y ya van tres! ¡Buen trabajo, Felicity!

Al ver que Felicity, una niña de natural tranquilo, estaba a punto de estallar, Pam le dio a June con el codo y le susurró:

—*¡Por el amor de Dios, cállate ya, June!* Esta noche el ambiente ya está lo bastante tenso como para que tú eches aún más leña al fuego.

—Vale, no diré nada más —respondió la niña, con un brillo de picardía en los ojos—. Parece que nuestra querida delegada ya tiene bastante con lo que tiene; solo le falta que yo le cause más problemas.

Sí, y June disfrutaba de lo lindo de la situación, pensó Freddie, mirándola con los ojos entornados. Si pudiera conseguir que esa niña despreocupada y divertida sintiera el peso de su conciencia, como ella, Freddie, sentía el suyo... Pero ¿acaso June tenía conciencia? Freddie no lo sabía, pero estaba decidida a descubrirlo. Y, en caso de que la tuviera, ¡la despertaría de su sueño!

Felicity tenía la moral por los suelos la tarde del día siguiente.

—Debo de ser la única delegada que ha habido en Torres de Malory a la que le ha dado la espalda su propia clase —se lamentó mientras ella y Susan se cambiaban para jugar al *lacrosse*.

—¡Qué tontería! —exclamó su amiga riéndose al ver la expresión sombría de la niña—. **¡A ti no te han dado la espalda!**

—Bueno, Amy apenas me habla y Bonnie y Veronica no quieren saber nada de mí —suspiró Felicity—; y, aunque ninguna de ellas me importa demasiado, tampoco puedo culparlas. Tengo la sensación de que no lo he hecho muy bien, la verdad.

—¿Qué es lo que crees que no has hecho muy bien? —le preguntó Pam, que había entrado en el vestuario justo a tiempo de oír las palabras de Felicity.

La niña se lo explicó y concluyó, abatida:

—**Me parece que no he sido muy buena delegada, la verdad.** Susan, tú habrías resultado una mejor elección. O tú, Pam. Lo hiciste de maravilla el año pasado.

—Sí, pero tuve suerte —respondió Pam frunciendo el ceño, pensativa—. El curso pasado todo fue como la seda, y no tuve que vérmelas con alumnas como Veronica, Bonnie o Amy. Así que ya ves, Felicity, no me pusieron a prueba de verdad.

—Bueno, pues parece que a mí sí —gimió Felicity—. Y no he dado la talla.

—Aún tienes tiempo de enderezar las cosas —la animó Pam—. El curso todavía no ha terminado.

—Pam tiene toda la razón —coincidió Susan—. El tiempo pondrá a cada cual en su lugar, Felicity, ya lo verás. Y ahora vamos: ¡a quitarle las telarañas al campo de *lacrosse*! **¿Sabes una cosa, Felicity?** Amanda me dijo que tienes muchas posibilidades de entrar en el segundo equipo este año.

—¿De verdad? —preguntó la niña, de pronto más animada—. Susan, tú también tienes que entrenar duro; **¡a ver si podemos entrar las dos en el equipo!** Sería maravilloso, ¿verdad?

A June también le apetecía jugar un poco a *lacrosse*, pero Freddie tenía otros planes.

—Ya te lo dije: la señora Dale me invitó a tomar el té y me dijo que podía llevar a una amiga —le recordó Freddie—. Y la amiga que voy a llevar eres tú.

—Pero Amanda espera que me presente al entrenamiento de *lacrosse* —gruñó June, que lo último que quería era ir a tomar té con la señora Dale.

Se había alejado a propósito de la anciana y la situación que ella misma había creado. Freddie, sin embargo, que ahora veía a su amiga con nuevos ojos, era consciente de ello y estaba decidida a evitar que June se distanciase aún más.

—Amanda lo comprenderá —le aseguró Freddie—. Es sábado y el entrenamiento es opcional, así que no es obligatorio que vayas. Además, mañana por la tarde hay otro, si tan interesada estás.

June siguió protestando, pero, por una vez, Freddie estaba resuelta a salirse con la suya. Al cabo de un rato, las dos niñas ya se encaminaban juntas hacia la casa de la señora Dale. Y, en cuanto salieron de la escuela, la conciencia de June empezó a despertar.

La niña comenzó a sentirse un poco culpable cuando la señora Dale le dio una calurosa bienvenida dirigiéndose a ella como «la amiga de Amy» y la invitó a sentarse a una mesa de té suntuosa.

—¡Madre mía! **¡Debe de haberse pasado la mañana horneando!** —exclamó Freddie con la mirada clavada en la mesa repleta de magdalenas, pastelitos y tartas.

—Bueno, es agradable tener a alguien para quien cocinar —respondió la anciana con una amplia sonrisa—. Y ahora, a comer... Las dos.

A pesar de que todo estaba delicioso, June tenía la sensación de haber perdido el apetito y cada bocado se le quedaba atascado en la garganta. Esa merienda debía de haber costado mucho dinero y no cabía duda de que la señora Dale iba bastante justa. Con el corazón en un puño, June recordó el momento en que le había hablado alegremente a Freddie de lo dulce y amable que era esa mujer. Entonces, no obstante, no se había dado cuenta de hasta dónde podía llegar su amabilidad y su dulzura, y lo que June había visto como una broma sin malicia ahora empezaba a parecerle un engaño cruel. Además, el afecto genuino y obvio que había entre Freddie y la señora Dale también la perturbaba. Lo peor, sin embargo, aún estaba por llegar. Cuando ya se disponían a regresar a Torres de Malory, la señora Dale exclamó de pronto:

—¡Amy! Pero ***¡si mañana faltará solo una semana para tu cumpleaños!***

¿Ah, sí?, pensó Freddie, sorprendida. Luego se acordó de haber oído a Amy mencionándole a Veronica que dentro de poco sería su aniversario, y asintió.

—Bueno, entonces tienes que venir para que pueda darte tu regalo —dijo la señora Dale, muy contenta, mientras las dos niñas se miraban, horrorizadas.

—Pero no tiene por qué regalarme nada, abuela —respondió Freddie con la voz ahogada—. Por favor, no se gaste el dinero conmigo.

—Bueno, ¿adónde iríamos a parar si no pudiera hacerle un regalo a mi nieta el día de su cumpleaños? —exclamó la anciana y, chasqueando la lengua, añadió—: ¡Nunca había oído un disparate igual!

Así que Freddie tuvo que prometerle a la señora Dale que iría a visitarla el día del cumpleaños de Amy, pero le dolió mucho tener que hacerlo. Y a June, también. Estuvo extrañamente callada durante todo el camino de regreso a la escuela, pero, por dentro, se sentía muy mal. Había querido mantener a Freddie ocupada y había imaginado que la niña empezaría a sentirse culpable por engañar a la anciana. Pero June (que tan orgullosa estaba de su plan) no había previsto que su amiga y la señora Dale se encariñarían tanto la una con la otra, y ahora se avergonzaba de sí misma. No había querido hacerle daño a la abuela de Amy por nada del mundo... y a Freddie tampoco. Y lo más terrible era que no veía el modo de salir de esa situación sin causarles dolor a ambas. Tampoco podía engañarse a sí misma pensando que era problema de Freddie, y no suyo. **Ella era responsable de todo ese lío horrible y tenía que encontrar el modo de arreglar las cosas.**

CAPÍTULO 12

Un duro golpe para Amy

June se sentía mal por Freddie: ahora comprendía por lo que había tenido que pasar su amiga y también sabía lo angustioso que era tener algo dándole vueltas en la cabeza. Y es que era una sensación horrible, porque aunque estuviera riéndose o bromeando con las amigas, la preocupación seguía allí, en el fondo de su mente, proyectando en ella una sombra negra. Sin embargo, aunque era más amable con Freddie, June estaba tan preocupada que tenía menos paciencia con todas las demás.

El domingo fue al entrenamiento de *lacrosse* de Amanda, con la esperanza de olvidarse durante un rato de sus problemas, pero, por desgracia, solo consiguió empeorar aún más las cosas. Su oponente, **Fay, una niña de la Torre Sur, era una jugadora ágil y enérgica**, y apenas dejó que June se acercara a la pelota. La niña, frustrada, perdió los estribos y placó a la pobre Fay con tanto ímpetu que acabó arrojándola al suelo. Por supuesto, eso le valió a June la ira de Amanda.

—¡June! —le gritó la entrenadora irrumpiendo en el campo—. ¡Fuera! ¡No, no me discutas! Ve a cambiarte ahora mismo.

La niña, muy enfadada, se encaminó hacia el vestuario con paso firme, pero en cuanto se hubo puesto el uniforme de la escuela, su rabia ya se había disipado y se sintió muy avergonzada de sí misma. Fue a sentarse entre los espectadores y Amanda la fulminó con la mirada; el enfado de la entrenadora, sin embargo, se suavizó al terminar el entrenamiento, cuando vio que June se acercaba a Fay y se disculpaba con ella. También le pidió perdón a Amanda y la imponente muchacha aceptó sus disculpas.

—De acuerdo —le dijo—, pero tienes que aprender a controlar la rabia, June, porque no te podré incluir en ningún equipo hasta que no lo consigas.

Pero, a la mañana siguiente, June volvió a meterse en problemas después de soltarle una insolencia a la señorita Peters en clase de geografía.

—***¿Cómo te atreves a hablarme así?*** —le gritó la profesora con sus mejillas rosadas cada vez más rojas, como le ocurría cuando se enfadaba—. Y levántate cuando te hablo.

June, muy sonrojada, se puso en pie hoscamente y murmuró:

—Lo siento, señorita Peters.

—¿Cómo has dicho, June? —preguntó con frialdad la profesora, y la niña se vio obligada a pedir perdón más claramente. La verdad, ¡en los últimos tiempos no hacía más que disculparse con la gente! —Ven a verme después de clase —le ordenó a continuación—. Para entonces ya habré pensado en un castigo adecuado para ti.

Y, conociendo a la señorita Peters, no se saldría de rositas, pensó June, sentándose de nuevo.

Como delegada de la clase, Felicity tuvo que hablar con June para reprenderla por su comportamiento y la niña aguantó el chaparrón tan pacientemente como pudo. ***¡No podía fallarle también a Felicity!*** Tenía que tratar de concentrarse en el problema que causaba su irritación y no permitir que su mal carácter la dominara.

Pero **¡de poco le sirvieron sus buenas intenciones!** Esa misma tarde, June volvió a perder los estribos..., ¡esta vez con Amy!

La niña llevaba un buen rato en la sala comunitaria hablando de su próximo cumpleaños con una Veronica extasiada, y las demás empezaron a hartarse de ella.

—Como es en domingo, mami y papi le han pedido permiso a la directora para llevarme a dar una vuelta —dijo Amy—. Iremos a comer a ese hotel tan elegante con vistas al mar y seguro que me traerán un regalo magnífico.

Veronica soltó una exclamación de admiración y Amy prosiguió:

—Mi tía siempre me manda una tarta enorme, así que podremos compartirla a la hora del té. ¿Te había hablado alguna vez de la fiesta de Navidad que el año pasado organizaron en casa para mis amigas? Dios mío, fue magnífica. Tuvimos...

En este punto, June, que había estado tratando de concentrarse en los deberes extra que la señorita Peters le había puesto como castigo, dejó el libro y se puso en pie de un salto.

—¡Sí, Amy, ya le contaste a Veronica lo de la maravillosa fiesta que mami y papi organizaron para ti! —gritó—. ¡Y también del carísimo regalo que te hicieron, y de todos y cada uno de los cumpleaños que has celebrado desde que cumpliste los cinco! Y yo estoy harta, hasta las narices de oír hablar de todo eso. **¡No eres más que una niña mimada!**

Amy retrocedió como si le hubieran dado un bofetón mientras las demás observaban la escena en silencio. Era una lata tener que aguantar sus historias, pero ¡tampoco hacía falta ser tan cruel!

Felicity llamó a June al orden y, si Amy no hubiera contraatacado, la cosa no habría pasado de ahí.

Pero Amy, después de recuperarse de la conmoción, encontró la voz e, inclinando su nariz larga ante June, dijo:

—*Supongo que tienes envidia, June*, porque tus padres no son tan ricos como los míos y no pueden permitirse organizarte buenas fiestas ni hacerte regalos caros.

Al oír eso, June se encendió y, sin siquiera pensarlo, replicó:

—¡Prefiero mil veces a mis padres que a los tuyos, Amy! ¿Tú crees que querría tener a un padre que se avergüenza de la familia de mi madre? ¿O a una madre demasiado débil para hacerle frente? ¡No, gracias!

Tan pronto hubieron salido de su boca, June se arrepintió de haber pronunciado esas palabras y habría dado lo que fuera para poder retirarlas. Pero ya era demasiado tarde. Felicity y Susan la fulminaron con la mirada, horrorizadas. Freddie empalideció y sus manos se agarraron con fuerza a los reposabrazos de la silla. Y a Amy se la veía totalmente desconcertada, como a las demás niñas de la clase.

June, arrepentida, se apresuró a decir:

—*Lo siento, Amy. Por favor, olvida lo que acabo de decir.* Es que a veces, cuando me enfado, me dejo llevar y no sé ni lo que digo.

—No puedo olvidarlo —dijo Amy con una expresión extraña en el rostro—. Y creo que sabías perfectamente lo que estabas diciendo, June. ¿A qué te referías?

No era propio de June eso de quedarse sin palabras, pero eso fue lo que le ocurrió. Miró a Felicity en busca de ayuda y la delegada decidió que ya no tenía sentido seguir ocultándole la verdad a Amy. La delegada estaba muy enfadada con June por haber soltado el secreto de ese modo, pero ya se ocuparía de ella más tarde. Tratando de ser lo más concisa posible, Felicity le contó a Amy que ella, Susan y June habían conocido a su abuela y que le habían prometido no contarle a Amy que vivía cerca de la escuela, porque la mujer no quería contrariar los deseos del señor Ryder-Cochrane.

Amy escuchó la historia con una expresión de incredulidad y cuando Felicity hubo terminado el relato, la niña se echó a reír, sacudiendo la cabeza.

—*Estás equivocada, Felicity* —dijo—. Mi abuela se fue a vivir a Australia poco tiempo después de que mis padres se casaran. Y en cuanto a que mi padre no la acepta... ¡Menuda tontería! Me ha prometido que un día iremos a visitarla. De hecho, estuvimos a punto de hacerlo varias veces, pero mami cayó enferma, así que aún no hemos podido ir. No sé quién es esa mujer, pero ¡te aseguro que no es mi abuela!

Ahora las alumnas de tercero no sabían qué pensar y se miraban unas a otras, desconcertadas. Y entonces Pam, que había estado muy pensativa, preguntó:

—*Amy, ¿tienes una fotografía de tu abuela?*

—Sí —respondió la niña—. Es la que le mandó a mami desde Australia.

—Ve a buscarla —la instó Pam—. ¡Date prisa!

La niña salió corriendo de la habitación y estuvo de vuelta al cabo de un momento, sujetando entre los dedos una fotografía que enseguida le entregó a Felicity.

—¡Es la señora Dale! —exclamó la delegada—. Amy, no cabe duda de que esta es la mujer que conocimos Susan, June y yo. ¿Verdad, Susan?

Susan, que había asomado la cabeza por detrás del hombro de Felicity para echarle un vistazo a la foto, asintió solemnemente.

—La cosa se complica —observó Nora—. Amy, supongo que tu abuela no tendrá una hermana gemela, ¿verdad?

—¡Por supuesto que no! —respondió la niña. La cabeza le daba vueltas—. Esto no tiene ningún sentido. Si la abuela ha regresado de Australia, ¿por qué no se ha puesto en contacto conmigo y con mamá? **¡No entiendo qué está pasando!**

—Yo creo que sí lo entiendo —intervino June, que había estado absorta, pensando—. Pero no creo que le guste lo que voy a decirte, Amy.

—Bueno, ¡normalmente eso no te importa demasiado! —exclamó Amy con dureza—. Vamos, dímelo ya, June.

—Está bien —concedió la niña muy seria—. Mira, Amy: no es tu padre el que se avergüenza de la señora Dale..., ¡sino tu madre!

Amy se quedó muda, con la boca abierta, y June prosiguió:

—*La señora Dale no es una persona rica ni distinguida*. Creo que a tu madre le daba miedo que tu padre la conociera, porque no quería que supiera que ella procedía de una familia sencilla. Así que fingió que su madre estaba en Australia y luego os engañó a tu padre y a ti haciéndoos creer que se encontraba mal cada vez que decidíais planear un viaje para visitar a tu abuela.

—No me lo creo —respondió la pobre Amy, lívida—. ¿Cómo iba a hacer mami algo así? Y ¿cómo iba a mentirnos a papi y a mí durante tanto tiempo?

Todas lo lamentaron por ella.

—Todo esto debe de haber sido un gran golpe para ti, Amy —le dijo Felicity con dulzura, poniéndole la mano en el hombro—. Creo que deberías aclarar las cosas con tus padres cuando vengan a visitarte el día de tu cumpleaños.

Pero Amy no parecía haber oído una palabra de lo que le había dicho Felicity; en realidad solo pensaba en una cosa.

—*Quiero conocer a mi abuela* —dijo con absoluta determinación.

—Bueno, ¡no puedes ir a conocerla ahora mismo! —exclamó Susan, al parecer alarmada—. Ha oscurecido y ya casi es hora de acostarnos.

—Entonces mañana —respondió Amy, muy decidida—. Felicity, tú puedes venir conmigo para enseñarme el camino hasta su casa.

De repente, Freddie, que había estado muy ensimismada y no había abierto la boca en todo el rato, se puso en pie y dijo muy convencida:

—Te acompañaré yo, Amy.

Todas se volvieron hacia ella, asombradas, y Felicity le preguntó:

—¿Tú, Freddie? Pero **¡si tú no conoces a la señora Dale!**

—Sí la conozco —respondió la niña muy pálida y visiblemente nerviosa—. Amy, ya sé que lo que acabas de descubrir ha sido un golpe muy duro, pero me temo que aún no lo has oído todo. Mira, la señora Dale cree que yo soy tú.

—¡Esto cada vez se complica más! —soltó Julie rascándose la cabeza—. Freddie, ¿cómo es posible que la señora Dale crea que tú eres Amy?

La niña, con la voz rota y entre tartamudeos, contó la historia.

—¡Bueno! —exclamó Pam cuando Freddie terminó su relato dejando caer la cabeza hacia delante—. **¡Esta es la noche de las revelaciones!** ¿Alguien más tiene algún secreto extraordinario que le gustaría confesar?

Nadie lo tenía, por supuesto. Freddie se acercó a Amy y, cogiendo a la niña de las manos, le dijo muy en serio:

—Por favor, Amy, déjame ir contigo mañana para que pueda explicárselo todo a la señora Dale y disculparme con ella. No quería hacerle ningún daño, de verdad que no. Solo me daba mucha pena y pensé que podría animarla si la iba a visitar y fingía ser su nieta. Debería haberlo pensado mejor. Si lo hubiera pensado mejor, **¡nunca habría participado en esta locura!**

A Amy le daba vueltas la cabeza y no dijo nada, pero las demás creyeron a Freddie sin dudarlo. Había actuado con precipitación, irreflexivamente y a la brava, pero siempre con el corazón en la mano. El caso de June, sin embargo, era distinto; la niña estaba sentada en un rincón, a solas, extrañamente callada, y con pinta de sentirse muy avergonzada. Y merecía estarlo, pensó Felicity muy disgustada con ella. Todo había sido idea suya, y la delegada sabía que June no había actuado de buena fe. No, su retorcido carácter endiablado la había dominado, y sin duda había querido causarle problemas a Freddie. Felicity se preguntaba por qué: al fin y al cabo, se suponía que Freddie era su amiga... Claro que **¡June siempre había tenido un sentido del humor muy extraño!**

—¿Vas a contárselo a la señorita Grayling? —le preguntó Freddie a Felicity, bastante asustada.

A June se le vino el mundo encima: no se le había ocurrido que nada de eso pudiera llegar a oídos de la directora y estaba claro que la señorita Grayling no se lo iba a dejar pasar. **¡Incluso cabía la posibilidad de que la expulsara!** A June se le encogía el corazón con solo pensarlo.

—Dejaré que eso lo decida Amy —respondió Felicity mirando a la niña.

—No lo sé —respondió ella; la tensión había empezado a dejar huella en su rostro—. Ahora mismo no puedo pensar en eso. Lo único que quiero es encontrarme con mi abuela y conocerla. Freddie, puedes venir conmigo mañana. Y le diré que estaba equivocada con mi padre, que él también querría conocerla.

—¡No! —gritaron Felicity y Freddie a coro.

—Amy, no puedes hacer eso —le recomendó Felicity—. Tu abuela se sentiría muy mal si supiera cómo se ha comportado tu madre. Ya tendrá bastante con lo que lidiar mañana. Me temo que de momento tu pobre padre tendrá que seguir siendo el malo de la película.

—Oh, claro —coincidió Amy pasándose la mano por la frente—. *No puedo pensar con claridad*.

—Bueno, no me extraña —dijo Pam poniéndose en pie cuando sonó el timbre que anunciaba la hora de acostarse—. Esta noche han pasado demasiadas cosas. Ahora vayamos a la cama; mañana, después de unas cuantas horas de sueño, te sentirás mucho mejor, ya lo verás.

A la mañana siguiente, no obstante, ni Amy ni June parecían haber dormido demasiado bien: ambas estaban pálidas y tenían los ojos rojos. Los pensamientos que revoloteaban por la cabeza de Amy le impidieron conciliar el sueño y June sabía que iba a caer en desgracia ante las demás niñas de la clase y, lo que era aún peor, quizá también ante la señorita Grayling. Nadie le dirigió la palabra cuando se vistió y se tomó el desayuno, ni siquiera Freddie, y ese silencio le resultaba muy difícil de soportar. Felicity fue a buscarla después de desayunar y se la llevó a una de las salitas de música.

—Supongo que vas a soltarme la bronca —le dijo June cruzándose de brazos en actitud desafiante, aun sabiendo que se merecía una buena reprimenda.

—Sí, exacto —respondió Felicity, sin andarse con rodeos—. June, ¿se puede saber en qué demonios estabas pensando? *¿Cómo pudiste ser tan estúpida y tan cruel?*

—Vale, admito que fue una estupidez —reconoció June—, pero no pretendía hacerle ningún daño a la señora Dale.

—Tal vez a ella no —admitió Felicity—, pero sí a Freddie. ¿Por qué, June? Es tu amiga y siempre ha sido amable contigo.

June se sonrojó, pero se negaba obstinadamente a responder. Mientras, Felicity se devanaba los sesos tratando de encontrar una explicación para el extraño comportamiento de su compañera. Y al fin se le ocurrió.

—¡Ya lo tengo! —exclamó Felicity—. **Tienes envidia de Freddie, porque es buena con las jugarretas.** Y tú quieres ser la niña mala de tercero, la única que puede gastar bromas y hacer reír a las demás. Pues muy bien, June: ya le has demostrado a todo el mundo que eres una niña mala..., pero ¡no veo que nadie se ría!

Ahora June estaba tan blanca como el papel.

—Muy lista, Felicity. ¿Has terminado? —dijo con aspereza.

—Aún no. Todavía tienes que pedirles perdón a Amy, a la señora Dale y a Freddie por lo que has hecho. Y espero que comprendas que les debes una disculpa, a las tres.

—¡Lo sé! —gritó June—. Y me disculparé con ellas cuando crea conveniente, no porque tú me obligues, Felicity.

—Me alegro de oír eso —dijo la delegada—. Y, por tu propio bien, June, espero que Amy decida no contárselo todo a la señorita Grayling. **¡No querría estar en tu piel si lo hace!**

June se alejó con paso pesado. No soportaba que le echaran la bronca y Felicity la había hecho sentir muy pequeña.

Mientras, a Freddie se le hacía una montaña tener que ir a ver a la señora Dale. Esa tarde, se encaminó hacia la casa de campo de la anciana con Amy, pero las dos recorrieron el camino en silencio, absortas en sus pensamientos. Al ver la pequeña granja ante sus ojos, Freddie empezó a arrastrar los pies, como para retrasar el horrible momento en el que tendría que confesarle la verdad a la pobre mujer. Sin embargo, llegaron a la verja.

—Aquí es —dijo Freddie mirando a Amy.

CAPÍTULO 13

La señora Dale se lleva una sorpresa

—¡Vaya! **¡No esperaba verte hasta el domingo!** —exclamó la señora Dale al abrirles la puerta a las dos niñas—. Y te has traído a una amiguita. Pasad, pasad las dos.

Acompañó a las dos niñas hasta su saloncito, donde se sentaron en el sofá, la una junto a la otra. El gato de la señora Dale, Sooty, se había hecho muy amigo de Freddie y se subió de un salto a sus rodillas, restregando la cabeza contra su brazo mientras ronroneaba como un loco. Luego el animal se fijó en Amy y, preguntándose si a esa extraña también le gustarían los gatos, se plantó de un brinco en su regazo. La niña dio un respingo, porque no estaba acostumbrada a los animales y la ponían un poco nerviosa. Pero Sooty, dispuesto a pasar por alto ese detalle, se hizo un ovillo encima de sus piernas y cuando ella se animó vacilante a acariciarle la cabeza, ronroneó muy satisfecho.

—Bueno, Amy —dijo la señora Dale, al ver que Sooty se había acomodado a gusto—. Esta visita ha sido un placer inesperado.

—Sí —repuso Freddie—. Bueno, he tenido que venir hoy porque...

—Oh, no hablaba contigo, cariño —la cortó la señora Dale con una sonrisa extraña—. Hablaba con mi nieta Amy.

Luego miró directamente a la niña, que estaba boquiabierta, y dijo:

—Tú eres Amy, ¿no?

—Sí, abuela —respondió Amy con la voz temblorosa—. **¡Oh, estoy tan contenta de conocerte!**

Y entonces se puso en pie, lo que hizo caer a un lado al gato, que bostezó y volvió a acurrucarse en el regazo de Freddie. La niña abrazó a la señora Dale con todas sus fuerzas, mientras Freddie las miraba, desconcertada, con la cabeza llena de preguntas.

Al cabo de un rato, Amy y su abuela volvieron a sentarse.

—¿Cuánto tiempo hace que sabe que no soy Amy? —preguntó Freddie con la voz temblorosa.

—Lo supe desde el primer día —respondió la anciana muy tranquila; la astucia le brillaba en los ojos—. Puede que sea vieja, pero ¡aún me funciona la cabeza! Mira, pocos días antes de que aparecieras en mi puerta diciendo que eras mi nieta, recibí una carta de la madre de Amy. Y dentro del sobre había una fotografía reciente de mi nieta, vestida con el uniforme de la escuela; se la habían hecho justo antes de que se marchara a Torres de Malory.

—Pero... ***¿por qué no dijo usted nada?*** —preguntó Freddie, desconcertada, acariciando el gato con aire distraído.

—Porque quería saber a qué estabais jugando —respondió la señora Dale—. Al principio estaba algo perdida, pero creo que ahora ya sé qué pretendíais. Me di cuenta el otro día, cuando viniste con June a tomar el té. Fue ella quien te lio, ¿verdad?

Amy dejó escapar un resoplido de desprecio.

—Sí —respondió Freddie asintiendo con la cabeza—. Pero tiene que creerme, señora Dale, no quería hacerle ningún daño. June dijo que estaba usted muy sola y en ese momento me pareció una buena idea, pero...

Su voz se fue apagando con un deje cada vez más triste.

—*Pero empezaste a tener remordimientos de conciencia* —dedujo la señora Dale.

—Pues sí —confirmó Freddie mirando a la anciana directamente a los ojos—. Muchos. Pero también ocurrió otra cosa: me encariñé mucho de usted... Y eso no me lo esperaba.

—Bien, me alegro de oírlo —dijo la señora Dale mientras sus ojitos azules brillaban con astucia—. Porque yo también te he cogido mucho cariño y esperaba con muchas ganas tus visitas, aunque supiera que no eras mi nieta. ¡Madre mía! —exclamó soltando una risita—. ¿Te das cuenta de que ni siquiera sé cómo te llamas en realidad?

—Me llamo Freddie —respondió la niña—. *¡Qué alivio que no esté enfadada conmigo!*

—Enseguida supe que tenías buen corazón —dijo la señora Dale—. Y también sabía que, tarde o temprano, me contarías la verdad. En cuanto a esa June... Bueno, me di cuenta de que era un diablillo tan pronto le puse los ojos encima, el mismo día en que rescatasteis a mi Sooty del árbol. Dios mío, ¡parece que haya pasado una eternidad!

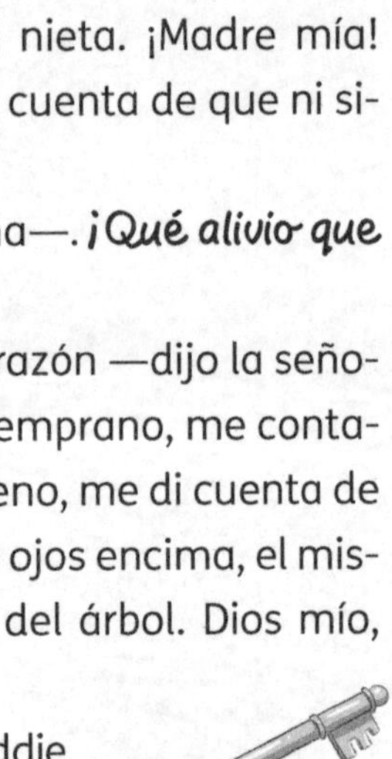

—¡Decir diablillo es poco! —resopló Freddie haciendo una mueca—. Y yo fui un poco tonta al dejar que me metiera en esto.

—Oh, a veces todos hacemos tonterías —la tranquilizó la señora Dale—.

Solo espero que June se dé cuenta de que esa actitud suya no es la adecuada antes de que acabe teniendo problemas de verdad. Me recuerda mucho a mí cuando tenía su edad, ¿sabes?

Las dos niñas se quedaron de piedra al oír eso: no conseguían imaginársela como una alumna traviesa, y la señora Dale se echó a reír al ver sus caras de asombro.

—Y ahora, Freddie, te pediré que me dejes un ratito a solas con Amy. *Me gustaría conocer a mi nieta.*

—Por supuesto —respondió la niña, y se puso en pie de repente, dejando a Sooty en el suelo. Al pobre animal no le gustaba nada tanto ajetreo—. ¿Puedo volver a visitarla algún día, señora Dale?

—Me gustaría mucho —dijo la mujer con una sonrisa—. Pero la próxima vez ven como Freddie, no como Amy. Y dile a June que se acerque también algún día. *¡Querría tener unas palabras con esa jovencita!*

Freddie enfiló el camino hacia Torres de Malory con la sensación de haberse quitado un gran peso de encima y, una vez en la escuela, entró en la sala comunitaria con paso ligero. June estaba allí, sola, y levantó la mirada cuando Freddie cruzó la puerta. Era un día claro, soleado y agradable, y el resto de las niñas de tercero habían aprovechado para salir a tomar el aire. Pero ninguna se había acercado a June para preguntarle si le apetecía acompañarlas. No es que le importara, porque prefería estar a solas que en compañía de un atajo de niñas que sentían por ella una repugnancia y un desprecio evidente. Al principio hubo un silencio extraño, pero luego Freddie, que casi se veía con ánimos de perdonar a June de lo feliz que estaba, se aclaró la garganta y le preguntó:

—¿Dónde está todo el mundo?

—Fuera —respondió June más animada al ver que su amiga había roto el hielo. Hubo otra pausa y, por fin, la niña preguntó—: Esto... ¿Cómo ha ido en casa de la señora Dale? *¿Estaba muy enfadada contigo?*

—No, la verdad es que no lo estaba —dijo Freddie e, incapaz de seguir guardándosela para sí, empezó a contarle toda la historia.

June, por supuesto, se quedó de piedra al oír el relato y le hizo a la niña un montón de preguntas, tan aliviada como Freddie de que todo hubiera ido bien.

—Desde luego, Amy aún tendrá que enfrentarse a su madre —dijo Freddie cuando llegó al final de la historia—. ¿Cómo es posible que alguien pueda ser tan esnob y estirado como para avergonzarse de su propia madre? De verdad, June, *¿no estás agradecida de tener unos padres sensatos y normales?*

June estuvo de acuerdo con ella y, después de un silencio, dijo con precipitación:

—Freddie, lo siento. Te puse en una situación muy incómoda que podría haberte acarreado muchos problemas. Espero que aceptes mis disculpas y que podamos seguir siendo amigas. Aunque, si no quieres, no te culparé, claro.

—*Me encantaría continuar siendo tu amiga, June* —respondió Freddie muy seria—, pero primero tengo que saber por qué quisiste que suplantara a Amy. Vamos, sé que no te movió la preocupación por el bienestar de la señora Dale.

—Tienes razón —admitió June, consciente de que debía ser completamente sincera con Freddie si quería recuperar la relación que tenían antes.

Así que le confesó a su amiga la verdad: que había empezado a tenerle envidia y que no quería que compartiera con ella los halagos que las demás le dedicaban por sus bromas y el renombre que se había ganado. *¡Qué penosas y vengativas le sonaron esas razones cuando las formuló en voz alta!* No era de extrañar que Freddie pareciera asombrada, y June no la culparía si, después de todo, decidía no seguir con su amistad. Pero Freddie dijo:

—Gracias por tener la valentía de ser sincera conmigo, June. Y, si vamos a seguir siendo amigas, tendrás que continuar siéndolo. Incluso aunque debas contarme cosas que no quiero oír.

—Lo haré —dijo June asintiendo con aire solemne—. Y tú trata por favor de ser una buena influencia para mí y de sacarme de la cabeza algunas de las ideas locas que se me ocurren a veces.

—Haré lo que pueda —aseguró Freddie, sonriente—. Pero dudo que nadie pueda detenerte cuando se te mete entre ceja y ceja gastar una de tus bromas disparatadas.

Cuando, después de su paseo por los jardines, las demás alumnas de tercero fueron entrando en la sala comunitaria con las mejillas sonrojadas, encontraron a June y a Freddie charlando animadamente. Algunas intercambiaron miradas de asombro, pero Felicity, que pensaba que en los últimos tiempos ya había habido bastantes tensiones entre las niñas de la clase, se llevó una alegría.

—¡Hola a las dos! —exclamó muy animada, consciente de que las demás seguirían su ejemplo—. Oye, Freddie, ¿dónde está Amy? *¿Aún sigue en casa de su abuela?*

Y Freddie volvió a contar para el resto de las alumnas de tercero lo que había ocurrido en casa de la señora Dale.

—¡Bueno! —suspiró Nora cuando la niña terminó su relato—. Así que la anciana supo que no eras Amy desde el principio. *Te engañó mejor que tú a ella, Freddie.*

—¡Bien hecho! —se rio Julie.

—Al final no has tenido que pasar por el mal trago de confesárselo todo —dijo Susan—. Seguro que ha sido un alivio, Freddie.

Hubo más buenas noticias cuando Amy regresó a la hora de cenar. A Felicity le daba un poco de miedo que la niña, en cuanto conociera a su abuela y viera que no era tan distinguida como el resto de la familia, no se llevase bien con ella. Pero la sonrisa de oreja a oreja que iluminaba su rostro no dejaba lugar a dudas: se lo había pasado en grande con la señora Dale y estaba más que contenta de haberla conocido por fin. Amy también anunció que no iba a informar a la señorita Grayling de lo que habían hecho Freddie y June. Freddie supuso que esa decisión había sido cosa de la señora Dale y se sintió muy agradecida, y June se puso en pie y dijo:

—Gracias, Amy. Freddie y yo te lo agradecemos. Y quiero que sepas que me sabe muy mal el papel que he tenido en todo esto. *Ha sido todo culpa mía*; a Freddie nunca se le habría ocurrido hacerse pasar por ti si yo no le hubiera metido la idea en la cabeza.

Tras vacilar un instante, Amy estrechó la mano que le tendía June, mientras Felicity dejaba escapar un suspiro de alivio. La disculpa sincera y franca de June contribuyó a mejorar el humor de las alumnas de tercero, que admiraron a la niña por haber tenido la valentía de sincerarse delante de todas. Quizá, al final, las cosas empezaban a ponerse en su sitio.

Pero, por supuesto, no todo se había arreglado. Bonnie y Veronica aún trataban con frialdad a Felicity, y también entre ellas, mientras que Amy todavía se negaba en redondo a tener nada que ver con Bonnie. Felicity se sentía responsable de los problemas que había entre ellas y, esa noche, trató de hablar con Amy para sugerirle que se reconciliase con Bonnie. La niña, sin embargo, no le hizo ningún caso.

—**Ya sé que tienes buena intención, Felicity** —dijo Amy, envarada—. Pero Bonnie me ha engañado. Y, la verdad, ya tengo bastante gente mentirosa en mi vida.

Felicity, por supuesto, creyó que Amy se estaba refiriendo a su madre y no dijo nada más; decidió que sería una tontería seguir insistiendo en el tema cuando la niña tenía tantas cosas en la cabeza.

Y, esa noche, en el dormitorio, cuando las de tercero se preparaban para acostarse, la propia Bonnie se acercó a Amy. Bonnie se había quedado estupefacta al saber que su antigua amiga había vivido apartada de su abuela y no había podido evitar pensar en sus abuelos, que siempre habían tenido un peso muy importante en su vida y cuyo cariño no le había faltado nunca. Le sabía muy mal que Amy se hubiera visto privada de la compañía de su abuela durante tantos años. Probablemente por primera vez en su vida, Bonnie deseaba ayudar y consolar a alguien.

—Amy, me alegro tanto de que tu encuentro con tu abuela haya ido bien —le dijo con suavidad—. **¿Has decidido ya qué le vas a decir a tu madre?**

Pero Amy miró a Bonnie con frialdad y se limitó a preguntarle:

—¿Te ha dicho Felicity que vinieras a hablar conmigo?

—¡Por supuesto que no! —exclamó la niña, muy ofendida—. *Estaba preocupada por ti, eso es todo.*

—Amy no necesita que te preocupes por ella —se entrometió Veronica, que había estado deambulando por allí escuchándolo todo, atacada por la envidia—. Sabe que siempre que tenga problemas puede contar conmigo.

—Estoy convencida de que Amy sabe hablar solita —le soltó Bonnie mirándola con desprecio—. Amy, puede que tú ya no seas mi amiga, pero yo sigo siendo amiga tuya, lo quieras o no. Y estaré aquí siempre que me necesites.

Lo único que Bonnie recibió como respuesta fue una mirada gélida de desdén, así que se alejó con desánimo hacia su cama, mientras Amy y Veronica se acomodaban en las suyas.

—*¿Qué vas a hacer con tus padres?* —le susurró Veronica a Amy—. Seguro que tu padre se pondrá como una fiera cuando descubra que tu madre lo ha estado engañando durante todos estos años.

—Sí, seguro —respondió Amy en voz baja—. Pero me temo que es inevitable. Ha sido todo culpa de mi madre. He decidido que hablaré con ella este fin de semana, cuando vengan a celebrar mi cumpleaños. De verdad, Veronica, no sé cómo se le pudo ocurrir que mi padre podía llegar a despreciar a mi abuela. Puede que sea rico, pero tiene muy buen corazón, y nunca rechazaría a alguien solo porque tenga poco dinero.

—Y ¿qué me dices de ti, Amy? —le preguntó Veronica con curiosidad—. *¿Cómo te sientes con tu abuela?*

—Bueno, la quiero, claro —respondió Amy, sorprendida—. *¡Al fin y al cabo es mi abuela!*

—Claro —dijo Veronica—. Pero lo que quería decir era...

Se interrumpió de repente, al darse cuenta de que era una falta de tacto hacerle la pregunta que tenía en mente; Amy, que enseguida adivinó lo que Veronica quería saber, soltó una risita y dijo:

—Quieres decir si la desprecio porque no es rica, ¿verdad? Bueno, pues no, por muy sorprendente que te parezca. Ya sé que soy una esnob y una estirada, y todas las cosas que las demás dicen de mí... y que probablemente siempre seré así. Pero me resulta imposible despreciar a alguien a quien quiero.

Veronica se sintió bastante culpable al oír eso. ¿Acaso no había despreciado a sus propios padres y había pensado que no eran lo bastante buenos para ella? Bueno, había aprendido la lección el día de la celebración de mitad de trimestre y comprendía muy bien cómo se sentía Amy en aquel momento.

—No —murmuró—. Tienes razón, Amy. ***No puedes despreciar a la gente que quieres.***

Su voz empezó a adormilarse y Amy ahogó un bostezo.

—Es hora de apagar las luces —les advirtió Felicity.

Y, una a una, las niñas de tercero se fueron quedando fritas, pensando en lo extraños que habían sido los últimos días y preguntándose lo que les depararía el resto del curso.

CAPÍTULO 14

Malos momentos para Felicity

El día siguiente empezó mal para Felicity: al sonar el timbre del desayuno, cuando se estaba poniendo los calcetines y los zapatos, descubrió que le faltaba uno de los cordones.

—**¿Qué estás haciendo, Felicity?** —le preguntó Nora sorprendida al ver que la niña desaparecía debajo de la cama para buscar el cordón que le faltaba.

—No encuentro uno de los cordones —dijo la voz apagada de la delegada desde debajo de la cama—. ¡Ha desaparecido! ¿Adónde habrá podido ir a parar? Ayer por la noche los tenía los dos, estoy segura.

—Debe de haberse caído —supuso Julie.

—Los cordones no se caen así como así —respondió Felicity, andando a gatas por el suelo—. Y tampoco desaparecen. No puedo bajar a desayunar sin el cordón; se me caerá el zapato.

—Tengo un par de cordones de sobra —dijo Susan saliendo al rescate de su amiga—. Puedes tomar prestado uno. Y ahora date prisa, Felicity, o te ganarás una bronca de Potty.

Felicity se apresuró a pasar el cordón por los agujeros del zapato, corrió escaleras abajo con las demás y llegó al comedor justo a tiempo para librarse del rapapolvo de la señorita Potts.

—No entiendo dónde debe de haber ido a parar ese cordón —le dijo Felicity a Susan mientras untaba una tostada con mantequilla.

—Bueno, yo tampoco me preocuparía demasiado —respondió Susan—. No es que hayas perdido nada de valor, como una joya o el monedero. Quizá alguien te lo haya quitado mientras dormías, para gastarte una broma. Ya verás como aparece.

Felicity decidió que probablemente Susan tenía razón y ya no pensó más en el asunto... en ese momento.

A la hora del desayuno, parecía que June tuviera la cabeza en otra parte. La verdad es que estaba tan preocupada que, si Freddie no lo hubiera evitado, en lugar de azúcar, se habría echado sal en los cereales.

—Pero ¿se puede saber qué te pasa? —le preguntó su amiga—. **¡Estás como ausente desde que te has levantado!**

—Es que he estado pensando —respondió June—. Me he disculpado contigo y también con Amy. Ahora lo único que me queda es arreglar las cosas con la señora Dale y, en cuanto lo haya hecho, ¡borrón y cuenta nueva!

—Sí, creo que deberías zanjar ese tema lo antes posible; así seguro que te sentirás mejor —coincidió Freddie—. Es una mujer que vale mucho la pena y no creo que esté muy enfadada contigo..., sobre todo teniendo en cuenta que le recuerdas a ella cuando era pequeña.

June se echó a reír.

—¡No podía creérmelo cuando me lo contaste y aún me cuesta imaginarme a la dulce y amable señora Dale gastándoles bromas a sus profesoras! —Tomó un sorbo de té y prosiguió muy resuelta—: **Creo que me escabulliré para verla a mediodía.** Si salgo corriendo para allá después de comer, puedo estar de vuelta a la hora de inglés.

Freddie asintió, aprobando el plan. Mientras, en el otro extremo de la mesa, Julie gritó:

—¡Felicity! Recuerda que me dijiste que me dejarías tu pluma de recambio. La mía se ha roto y no tendré tiempo de salir a comprarme una nueva hasta el fin de semana.

—¡Oh, sí! ¡Se me había olvidado! —exclamó la delegada—. Está en la sala comunitaria. Iré a buscarla de camino a clase de mates.

Pero cuando Felicity y sus amigas entraron en la sala comunitaria un poco más tarde, su pluma de recambio no apareció por ninguna parte.

—**¡Qué raro!** —exclamó Susan visiblemente perpleja—. Juraría que te vi meterla en tu armario ayer por la noche.

—Sí, yo también —dijo Felicity frunciendo el ceño—. ¡Un momento! Nora, te la presté a ti, ¿recuerdas? Porque te habías dejado la tuya en tu escritorio. Eres tan despistada que seguro que te olvidaste de devolvérmela.

—Sí te la devolví, Felicity—insistió Nora—. Estoy segura de que lo hice.

—Sí, es verdad —intervino Pam—. Vi cómo te la daba. Pero ¡a saber dónde la pondrías! La verdad, Felicity: primero pierdes el cordón del zapato y ahora no sabes dónde has dejado la pluma. **Te estás volviendo tan despistada como Nora.**

Pero Felicity no tenía nada de despistada y sus padres

siempre le habían enseñado a cuidar bien de sus cosas. No era nada propio de ella eso de perder algo u olvidarse de dónde lo había metido, así que empezó a preocuparse un poco.

—Bueno, no podemos quedarnos aquí toda la mañana buscando la pluma —observó Susan con brío—. ***No creo que a la señorita Peters le parezca una excusa aceptable para llegar tarde a clase.*** Julie, tendrás que preguntarles a las demás si tienen alguna pluma de sobra que puedan prestarte.

Las niñas se encaminaron a toda prisa hacia la clase de tercero, donde, por fortuna para Julie, una de las niñas de la Torre Sur le prestó una pluma. ¡La señorita Peters no veía con buenos ojos a las niñas que se presentaban en clase mal preparadas o sin el material necesario!

Felicity, sin embargo, siguió dándole vueltas al tema de sus pertenencias desaparecidas. No es que fueran cosas caras o que le importaran demasiado, ni tampoco objetos que no pudieran reemplazarse, pero ***¡era un fastidio!***

June, tal como le había dicho a su amiga, salió como una flecha hacia la casa de la señora Dale después de comer. Freddie la estaba esperando en la entrada del colegio cuando regresó y respiró aliviada al ver una sonrisa de felicidad en el rostro de su amiga.

—***¡La señora Dale es la persona más amable y buena que he conocido nunca!*** —declaró June—. Por supuesto, me ha regañado un poco, pero solo lo que esperaba. Luego ha empezado a hablarme de algunas de las bromas que gastó en la escuela cuando era pequeña, y yo le he hablado de la broma de la crema clarificante, ¡y enseguida nos hemos

entendido de maravilla! Incluso me ha dado ideas geniales para nuevas bromas.

—Cuéntamelo luego —dijo Freddie cogiéndola del brazo mientras enfilaba por el sendero a paso ligero—. Si llegamos tarde a inglés, tendremos problemas con la señorita Hibbert, y no creo que te apetezca que te suelten otra bronca.

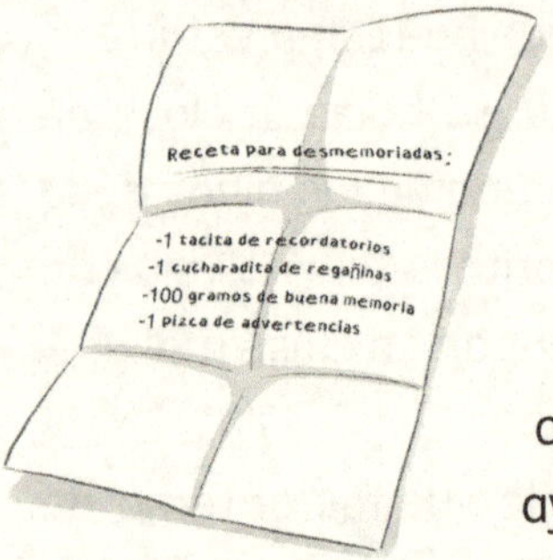

Las dos niñas entraron en clase justo antes que la profesora de inglés, y se ahorraron la reprimenda. Felicity, sin embargo, tendría que vérselas muy pronto con ella.

—Proseguiremos con la lectura de la obra de teatro que empezamos a leer ayer —dijo la profesora en cuanto todas se hubieron sentado en su sitio—. Abrid el guion por la página tres y... ***Felicity, por favor, ¡presta atención!*** La niña, que había estado rebuscando en su escritorio, cerró la tapa de repente y dijo:

—Lo siento, señorita Hibbert, pero no encuentro mi guion.

—Felicity, por favor: eres la delegada y se supone que deberías ser un ejemplo para las demás —le espetó la señorita Hibbert, exasperada—. ***No es propio de ti ser tan descuidada.*** Bueno, pues de momento tendrás que compartir el suyo con Susan.

Con la cara colorada, Felicity acercó su silla a la de Susan. La cabeza le iba a mil. El día anterior había metido el guion en el escritorio, ¡estaba segura de ello! Cuando uno perdía algo, podía achacarlo a un descuido o una distracción, pero esa era la tercera cosa que perdía ese día. ¿Acaso alguien le estaba gastando alguna broma? Si ese era el caso, no tenía gracia, porque la había puesto en un aprieto con la señorita Hibbert. El corazón le dio un vuelco cuando se le ocurrió pensar que lo que tal vez pretendía la autora de los robos era precisamente meterla en problemas, y paseó la mirada por las demás niñas de la clase, preguntándose cuál de ellas podía guardarle tanto rencor. Estaba segura de que se trataba de una alumna de tercero, porque eran las únicas que podían entrar en el aula, el dormitorio y la sala comunitaria sin despertar sospechas. Pero ahora no tenía tiempo de pensar en eso: tenía que poner toda su atención en la señorita Hibbert y la lectura de la obra.

Esa tarde, después de la clase, mientras estaba sentada en uno de los bancos de madera del patio, junto a Susan, le desveló a su amiga sus sospechas.

—He de admitir que a mí también se me había ocurrido —dijo Susan, muy seria—. *Pero ¿quién demonios podría ser?* Pam no, ni Nora, ni tampoco Julie.

—No, a ellas podemos descartarlas —confirmó Felicity—. Las conocemos desde que estábamos todas en primero y a ninguna se le ocurriría hacer algo tan horrible. Y tampoco creo que sea el tipo de cosa que haría Freddie. Aunque no ando corta de sospechosas. *He herido a Bonnie, a Amy y a Veronica*… Claro que Amy parece haberlo superado y estoy convencida de que ahora mismo tiene cosas más importantes de las que preocuparse que andar gastándome bromitas tontas y vengativas.

Susan estuvo de acuerdo y dijo con gravedad:

—No me gusta tener que decirte esto, Felicity, pero aún podría ser otra persona.

—¿Quién? —preguntó su amiga, sorprendida.

—June —respondió Susan—. No te olvides de que le echaste la bronca por lo de la señora Dale y no creo que le sentara nada bien. Si hay algo que June no puede soportar es que la hagan sentir pequeña. No me negarás que tiene un punto de maliciosa y todas sabemos que también puede ser muy rencorosa.

Todo lo que Susan había dicho era verdad, pero Felicity se resistía a creer que June, que había compartido todos esos años de escuela con ellas, fuera capaz de hacerle algo tan horrible, aunque no siempre hubieran sido las mejores amigas.

—No —decidió al fin sacudiendo la cabeza—. Ya sé que June se enfadó cuando le eché la bronca, pero también era consciente de que se la merecía. Además, si estuviera resentida conmigo, me lo diría a la cara... ¡y probablemente delante de todas las demás! ***Tanto secreto no es nada propio de June.***

Susan, sin embargo, no estaba tan convencida.

—Ya había hecho algo parecido en otra ocasión —le recordó a su amiga—. ¿Te acuerdas cuando en primero le mandó esas horribles notas anónimas a Moira?

Felicity se quedó en silencio. ***¡Se había olvidado por completo de esa historia!*** Moira fue una alumna de quinto bastante mandona que no le caía demasiado bien a nadie y que consiguió ganarse a pulso la enemistad de June. Y June contraatacó mandándole varias notas anónimas muy desagradables. La argucia de June se descubrió y si, al final, la niña se salvó de la expulsión, fue gracias a la intervención de Moira.

—Sí, pero entonces era una alumna de primero —opinó Felicity al cabo de un rato, visiblemente preocupada—. Y, cuando vio que estaba a punto de ser expulsada de la escuela, reaccionó; todo eso le sirvió de lección. Estoy segura de que no volvería a hacer nada parecido, ¿no te parece?

—La verdad, no sé qué pensar —respondió Susan frunciendo el ceño—. Pero quizá deberíamos contarles a Pam, Nora y Julie que sospechamos que alguien te está gastando esas bromas pesadas; así, si todas mantenemos los ojos bien abiertos, tal vez descubramos algo sospechoso.

—Buena idea —coincidió Felicity—. **Oh, Susan, ¡espero que no sea June!** Ya me duele que alguien de la clase me deteste tanto como para hacer desaparecer mis cosas con la intención de crearme problemas, pero ¡aún me dolería más que fuera una persona que conozco desde hace años!

Las dos niñas encontraron a Pam, Nora y Julie en los establos, todas pendientes de Jack. Se quedaron sorprendidas al ver que Bonnie estaba con ellas, dándole azucarillos a Medianoche, el caballo negro de la señorita Peters, mientras le acariciaba el pelaje negro y lustroso del cuello. Felicity vio que la niña se ponía algo nerviosa cuando Medianoche relinchaba y dio un respingo cuando el animal sacudió su enorme cabeza.

—**¡No sabía que te gustaran los caballos, Bonnie!** —exclamó Susan sorprendida.

—Hay muchas cosas de mí que no sabes, Susan —respondió Bonnie con altivez. Luego le dio a Medianoche una última caricia y le susurró—: Volveré mañana, chico.

A continuación salió de los establos y, al pasar junto a Felicity, levantó la nariz en el aire con desdén.

—Me gustaría saber qué se trae entre manos —dijo Nora contemplándola con recelo mientras se alejaba—. Julie dice que Bonnie hace una semana que viene a visitar a Medianoche a diario, a pesar de que nunca había mostrado ningún interés por él (ni por ningún otro caballo).

—**Es una niña extraña** —observó Pam—. ¡No sé muy bien qué pensar de ella!

—Bueno, no te preocupes por eso ahora —dijo Felicity—. Susan y yo tenemos algo que deciros.

Y Pam, Nora y Julie escucharon boquiabiertas mientras las dos niñas les contaban que estaban convencidas de que alguien le estaba gastando bromas pesadas a Felicity.

—¡Creo que tenéis toda la razón! —coincidió Pam—. *¡No es propio de ti descuidar tus cosas de este modo!*

—¡Seguro que es Veronica! —opinó Nora—. Sabéis que le hizo algo parecido a Katherine, la niña de cuarto, ¿verdad?

—¡No lo sabía! —exclamó Felicity—. ¿Cuándo fue eso?

—Cuando iban juntas en segundo —respondió Nora—. Al parecer las dos discutieron por algo (no recuerdo qué) y a Katherine empezaron a ocurrirle cosas extrañas, como ahora a ti, Felicity. Le desaparecían las cosas y alguien estropeó a propósito parte de sus deberes; al final Katherine y algunas de sus amigas pillaron a Veronica con las manos en la masa. Por eso a las alumnas de cuarto Veronica les cae tan mal, y diría que también es esa la razón de que la señorita Grayling, en lugar de permitirle pasar a cuarto este curso, la hiciera repetir. Creo que quería que Veronica empezara de cero con un nuevo grupo.

—Pues parece que lo que ha hecho es empezar de nuevo con sus viejas bromitas —dijo Julie, enfadada—. *¡Qué miserable!* ¡Con lo amable que fuiste con ella el día de la celebración de mitad de trimestre, Felicity!

—¡Vayamos a buscarla para poner las cosas en claro! —gritó Susan, indignada por lo que le hacían a su amiga.

—No, no podemos —la detuvo Felicity, muy resuelta—. No tenemos pruebas de que sea Veronica la que está detrás de todo esto y sería horrible acusarla si es inocente.

—Tienes razón —coincidió Pam—. A ninguna nos cae bien, pero, aunque en el pasado hubiera hecho algo parecido, no significa que sea ella la responsable esta vez.

—Bien, pues yo me dedicaré a observarla de cerca —dijo Susan—. Y, si la pillo in fraganti, ¡más vale que se prepare!

—De acuerdo, pero que no se entere de que la vigilas —le advirtió Julie—. *Si la culpable es Veronica, no hay que ponerla sobre aviso.*

En los días siguientes, las labores de espionaje estuvieron a la orden del día en la clase de tercero. Susan, por supuesto, no perdía de vista a Veronica. Mientras, Felicity no le quitaba ojo a June, deseosa de que fuera inocente. Y Nora y Julie se ocupaban de vigilar a Bonnie, no porque creyeran que era la autora de las bromas (en realidad las dos estaban convencidas de que la responsable era Veronica), sino porque se morían de ganas de saber a qué venía su interés repentino por Medianoche.

Y lo descubrieron el sábado por la tarde, mientras cepillaban a Jack a conciencia. La señorita Peters entró en los establos para ensillar a su caballo y se encontró a Bonnie acariciando al animal mientras le daba una zanahoria. Medianoche se había encariñado con Bonnie y, cuando la niña se le acercaba, el caballo relinchaba suavemente y le acariciaba el hombro con el hocico. Bonnie ya no le tenía ningún miedo y ese animal enorme ahora le parecía muy dulce. El caballo se zampó el último trozo de zanahoria y apoyó su cabeza negra en el hombro de Bonnie mientras ella le rodeaba el cuello con ambos brazos y le decía con su voz ceceante:

—*¡Querido Medianoche! ¡Eres un caballo adorable!* Qué suerte tiene de tenerte la señorita Peters.

—¡Vaya, Bonnie! —exclamó la profesora—. **No sabía que tú y Medianoche os habíais hecho tan buenos amigos.**

—¡Oh, señorita Peters, no la había oído llegar! —dijo Bonnie volviéndose para posar sus ojos castaños en la profesora—. Sí, lo adoro, aunque debo admitir que al principio me daban un poco de miedo los caballos..., hasta que lo conocí a él. Pero es que Medianoche es tan dulce y amable que ¡ahora no puedo creer lo tonta que era!

Y, ante la mirada de asombro de Julie y Nora, la señorita Peters, que quería a Medianoche más que a cualquier otra cosa en el mundo, sonrió a Bonnie y le dijo amablemente:

—Me alegro de que te haya ayudado a superar tu miedo. Quizá un día te apetezca salir a cabalgar con él. Yo lo llevaré mientras tú te sientas detrás y te acostumbras a ir a lomos de un caballo.

—Eso sería maravilloso —gritó Bonnie, extasiada.

—Muy bien —concluyó la profesora ensillando el animal—. Ahora mismo no puedo llevarte, pero ¿qué te parecería un día de la semana que viene?

Bonnie se despidió de la señorita Peters con la mano mientras la mujer guiaba a Medianoche hasta el patio exterior. Una vez allí, salió al galope. Luego, cuando el ruido de los cascos del caballo se desvaneció, Bonnie se volvió hacia sus dos compañeras y dijo con dulzura:

—Diría que me debes una barra de caramelo, Nora.

Y Nora no pudo evitar echarse a reír. Bonnie era muy terca cuando se le metía una idea en la cabeza, como por ejemplo superar el miedo a los caballos, cuando sabía que la señorita Peters miraría con buenos ojos a cualquiera que quisiera a su amado Medianoche. **¡La verdad es que era una niña extraña!**

CAPÍTULO 15

Veronica tiene problemas

El día siguiente, domingo, **era el cumpleaños de Amy**. La niña lo había esperado con sentimientos contradictorios: estaba menos entusiasmada de lo que lo habría estado en circunstancias normales, porque sabía que tendría que hablar con su madre acerca de las mentiras que había contado. A pesar de todo, le gustó mucho que, al despertar, las compañeras de clase le dedicaran a coro un «Feliz cumpleaños» y se llevó una buena sorpresa cuando todas las demás le hicieron un regalo, consciente como era de no ser la chica más popular de la clase. Eran todo detalles sin importancia (el frasco de sales de baño de Veronica, los bombones de Felicity y el prendedor para el pelo de Pam), pero les dio las gracias con una sonrisa complacida.

Después se fue al baño a lavarse y, al regresar, encontró encima de la cama un paquete enorme envuelto en un papel plateado y coronado con un lazo. Amy rasgó el papel muerta de curiosidad y ahogó un grito: ***¡era el vestido que Bonnie le había prometido!*** Las dos niñas habían elegido las telas juntas antes de pelearse, y Amy había dado por sentado que, tras lo ocurrido, Bonnie no le haría el vestido. Pero ahí estaba y su antigua amiga había hecho un trabajo magnífico. Cuando Amy sostuvo ante sí el vestido rosa pálido empezaron a brillarle los ojos.

—¡Dios mío, Amy, es precioso! ¿Lo ha hecho Bonnie? —preguntó Nora.

—Sí —respondió volviéndose para mirar a Bonnie.

La niña estaba sentada en la cama, abrochándose los zapatos con un aire de despreocupación fingida, pero en el fondo deseaba que su gesto generoso acortara la distancia que la había separado de Amy.

Y, al parecer, lo había hecho, porque su antigua amiga se le acercó y le dijo con torpeza:

—Gracias, Bonnie. Ha sido un detalle muy bonito por tu parte.

Bonnie levantó la cabeza y respondió:

—Me alegro de que te guste.

—***¡Me gusta muchísimo!*** Debes de haber trabajado como una loca para tenerlo terminado para el día de mi cumpleaños. Me lo voy a poner ahora mismo.

Bonnie sonrió muy satisfecha, pero luego se puso seria de nuevo.

—Amy, por favor, ¿podríamos volver a ser amigas? —le pidió—. ***¡Te he echado tanto de menos!*** Te prometo que, a partir de ahora, seré amiga tuya de verdad.

Y Amy, que estaba empezando a cansarse de la compañía de Veronica y que había echado en falta tener al lado a alguien con quien poder hablar de peinados y ropa, aceptó. Por supuesto, a Veronica no le gustó que las dos niñas hubieran hecho las paces. Había estado encantada de poder tener a Amy para ella sola y todo indicaba que a partir de entonces se vería obligada a competir con Bonnie para conseguir su atención.

Los padres de Amy fueron a recogerla a la escuela a la hora de comer y, cuando la niña se preparaba para bajar a saludarlos, Felicity le dijo:

—**Espero que todo vaya muy bien, Amy**, y que tu padre no se enfade demasiado con tu madre. Pensaremos en ti.

Y, ese día, las alumnas de tercero tuvieron en mente a Amy en todo momento. Puede que la niña no hubiera hecho demasiado para ganarse su cariño, pero todas eran personas de buen corazón y le deseaban lo mejor.

Felicity, sin embargo, tenía además sus propias preocupaciones: sus cosas seguían sin aparecer y ni ella ni sus amigas habían avanzado en sus indagaciones para localizar a la culpable. El día anterior, le había desaparecido el cepillo del pelo y había tenido que pedirle prestado el suyo a Susan. Sí, eran robos, pensó, pero los objetos que decidía llevarse ese ladrón no tenían ningún valor. ¿De qué le servían el cordón de unos zapatos y el guion de una obra de teatro?

Esa misma mañana Felicity le había dicho a Susan:

—No lo entiendo. **¿Por qué no se lleva mi monedero o el reloj que mis padres me regalaron para mi cumpleaños?**

—Creo que ya lo comprendo —respondió su amiga, que le había dado muchas vueltas al asunto—. Quien quiera que sea, no quiere tener esas cosas; las coge para fastidiarte.

—¡Pues lo está consiguiendo! —protestó Felicity—. Pero tendrá que parar pronto, porque ¡ya no me quedará nada que pueda llevarse!

Bueno, no servía de mucho quedarse sentada amargándose por eso, decidió Felicity más tarde, a solas. Amanda estaba a punto de empezar el entrenamiento de *lacrosse*, y Felicity quería ir. Susan le había dicho que también le gustaría ir, así que Felicity corrió a buscarla. Su amiga no estaba en la sala comunitaria, por lo que la delegada subió al dormitorio con la esperanza de encontrarla allí. Cuando se fue acercando, oyó gritos y voces airadas procedentes del interior. Al llegar abrió la puerta con cautela y frunció el ceño. ***¡Susan y Veronica estaban discutiendo!*** Veronica estaba muy disgustada, al borde de las lágrimas, y Susan echaba chispas por los ojos. En el suelo, entre las dos, había una foto de Felicity, Darrell y sus padres que la niña tenía encima del armario. El cristal estaba roto.

—¡Mi fotografía! —soltó la delegada con un grito ahogado—. ***¿Qué ha pasado?***

—Será mejor que se lo preguntes a Veronica —respondió Susan con dureza—. Seguramente también podrá decirte dónde están tus objetos desaparecidos.

—¡No! —se desgañitó Veronica—. He chocado con tu armario, Felicity, y el marco con el retrato se ha caído y se ha roto. Susan ha entrado justo cuando me estaba agachando y ha sacado conclusiones precipitadas.

—Pero, a ver, ¿qué estabas haciendo cerca de mi armario? —preguntó Felicity con recelo—. Tu cama está en el otro extremo de la habitación, así que no había motivo para rondar por aquí.

—Estaba... estaba mirando por la ventana —tartamudeó Veronica.

—***¡Menuda excusa de pena!*** —soltó Susan con desprecio—. Nos resultaría más fácil creerte si no hubieras hecho antes este tipo de cosas.

Veronica se quedó blanca como el papel y Susan prosiguió:

—Sabemos que le gastaste bromas muy pesadas a Katherine, cuando las dos estabais en segundo. Y ahora le estás haciendo exactamente lo mismo a Felicity.

—Admito que me porté mal con Katherine —reconoció Veronica sollozando—. Y el resto de la clase no me lo perdonó nunca, a pesar de que lo intenté todo para demostrarles lo arrepentida que estaba. Al final decidí que no valía la pena ser amable con ellas y me convertí en la criatura callada y falsa que ya habían decidido que era. Pero **¡no le he gastado ninguna broma a Felicity!**

—¡No te creo! —le espetó Susan con una expresión asqueada—. Te han pillado y ahora tratas de salir airosa como sea. ¿Por qué no tienes la decencia de confesar y devolverle a Felicity sus cosas?

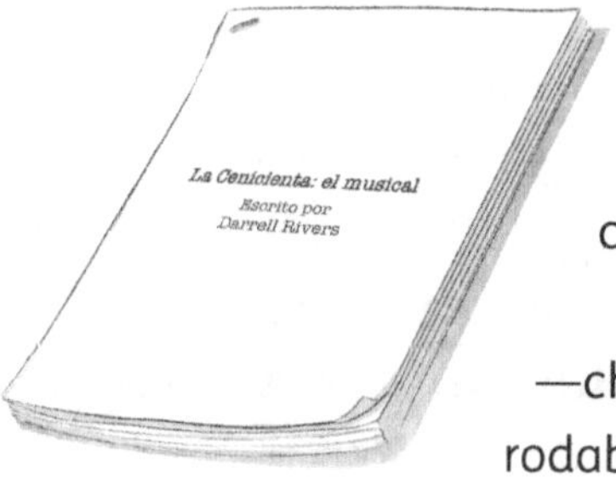

—¡Porque no se las he cogido yo! —chilló Veronica mientras las lágrimas le rodaban por las mejillas—. **Felicity, tienes que creerme.**

—Veronica, tengo que pensar sobre todo esto —le respondió Felicity, apenas capaz de mirar a la niña a la cara.

Estaba bastante segura de que Veronica era culpable, pero, al mismo tiempo, no podía evitar sentir lástima por ella.

—Vámonos, Susan —dijo al final—. Si no nos damos prisa, llegaremos tarde al entrenamiento de *lacrosse*.

Pero Felicity no tenía la cabeza para jugar. Le costó horrores concentrarse y sus despistes le valieron algunas palabras duras de Amanda.

—No te preocupes —la consoló Susan cuando regresaban al vestuario.

—¡Claro que me preocupo! —respondió Felicity, enfadada—. ¡Dichosa Veronica! No solo me ha estado fastidiando con esas bromitas odiosas, sino que **¡encima me habrá arruinado la posibilidad de entrar en uno de los equipos este curso!**

—¿Se lo contarás a la directora? —le preguntó Susan.

—No lo sé —suspiró Felicity—. Al ser la segunda vez que hace algo así, es muy probable que la señorita Grayling le meta una buena bronca. ¡Incluso puede que la expulse!

—Bueno, la culpa habrá sido suya —dijo Susan sin compasión—. No puede ir por ahí comportándose así y esperar salirse con la suya como si nada.

—Lo consultaré con la almohada y decidiré si ir o no a contárselo todo a la directora —resolvió Felicity—. Y supongo que será mejor decirles a las demás que ya hemos resuelto el misterio.

Veronica no se presentó a la hora del té y Mademoiselle Dupont frunció el ceño al ver que en la mesa había dos sillas vacías.

—¿Quién falta? —preguntó—. Ah, sí, Amy se ha ido con sus padres, ¿verdad? Pero **¿dónde está Veronica?**

—Me temo que no se encontraba muy bien, Mademoiselle —le explicó Felicity algo incómoda; pensó que alguien debía dar una excusa que justificara su ausencia, por si la profesora de francés decidía hacer averiguaciones.

—¡Ah, *la pauvre*! —exclamó Mademoiselle, compasiva—. Si mañana no se encuentra mejor, tendrá que ir a ver a la gobernanta para que le dé alguna medicina.

—No creo que la gobernanta tenga ninguna medicina que cure la mala conciencia —le susurró Susan a Felicity por lo bajo—. Esto confirma que ha sido ella la que te ha estado gastando esas bromas. *Está claro que tiene miedo de enfrentarse a ti.*

—¿De qué estáis hablando? —preguntó Pam, que se había sentado al otro lado de Susan y había oído parte de la conversación.

—Luego te lo cuento —le dijo Felicity en voz baja inclinándose hacia la niña—. En cuanto nos terminemos el té, tú, Nora y Julie os venís con nosotras a la sala de música. No quiero que Mademoiselle nos oiga.

Al salir del comedor, las cinco niñas se fueron corriendo hacia la sala de música. Pam, Nora y Julie soltaron un alarido cuando se enteraron de que la persona que estaba detrás de los problemas de Felicity era Veronica.

—¡La muy rastrera!

—*¡Sabía que era ella! La gente no cambia.*

—¡Y ni siquiera ha tenido el valor de confesar cuando la habéis pillado con las manos en la masa!

—¡Voy a decirle todo lo que pienso de ella cuando la vea! —exclamó Julie hecha una furia.

Pero Felicity le pidió:

—Por favor, no le digas nada esta noche, Julie. Tengo que pensar si le voy a contar a la directora lo que ha ocurrido o no. Además, creo que Amy habrá tenido un día difícil, y no quiero que, al regresar, se encuentre con un mal ambiente.

—Habla muy bien de ti que te preocupes por Amy más que por ti misma —dijo Pam amablemente—. Supongo que eso es lo que te convierte en tan buena delegada.

Felicity se sonrojó complacida.

—*¿De verdad crees que soy buena delegada?* —preguntó.

—Eres de las mejores —respondió Pam sin dudarlo—. ***Siempre tienes en cuenta los sentimientos de los demás, eres amable y estás dispuesta a ayudar...*** Y no eres nada dominante.

—¡Bien dicho! —exclamaron las demás a coro.

—¡Gracias! —se rio Felicity, muy satisfecha—. Bueno, será mejor que vayamos a la sala comunitaria, antes de que las demás nos manden un equipo de búsqueda.

—Me pregunto si Veronica estará allí —dijo Nora—. No te preocupes, Felicity, no le diré nada, ni tampoco a las demás..., al menos de momento.

Veronica sí estaba en la sala comunitaria, muy pálida y con los ojos enrojecidos... y Amy, también. Les estaba contando a Bonnie y a Veronica lo que había ocurrido con sus padres, y las demás se apiñaron alrededor para escuchar.

—Mami ni siquiera se ha molestado en poner excusas en cuanto ha sabido que había conocido a la abuela. Ha dicho que había intentado contarle la verdad a papá después de casados, pero que, cuanto más esperaba, más difícil le resultaba hacerlo.

—Bueno, eso lo entiendo —dijo Freddie—. ***¿Se ha enfadado mucho tu padre?***

—Sí, bastante —respondió Amy con una mueca—. Y le ha dolido mucho que mami llegara a pensar de él que no habría querido casarse con ella de haber sabido que sus padres no eran ricos. Cuando me he despedido, sin embargo, papá ya se había recuperado un poco. La verdad es que adora a mami, ¿sabéis?, y no puede estar enfadado con ella durante mucho rato. Y ha sido de gran ayuda que conociera a la abuela. Hemos ido a visitarla después de comer y ahora ella y papá son muy amigos.

—*¡Esto es una noticia estupenda!* —exclamó Felicity, muy contenta—. Pero ¿cómo le habéis explicado el cambio repentino de opinión de tu padre?

—Bueno, no hemos podido decirle la verdad, claro, porque le habría dolido demasiado —respondió Amy—. Así que le hemos dicho que mami y yo le habíamos hecho entrar en razón y él había acabado dándose cuenta de lo estúpido y esnob que había sido. El pobre papá ha tenido que disculparse con la abuela y debo decir que lo ha hecho de forma muy convincente. ***¡Nunca me había dado cuenta de que fuera tan buen actor!*** Y lo mejor de todo es que papá le buscará a la abuela una casita que esté cerca de la nuestra, así que podré verla en vacaciones.

—¡Este debe de haber sido el mejor regalo de cumpleaños que has tenido nunca! —exclamó Susan, maravillada por lo contenta que estaba la niña.

—Sí, lo ha sido —confirmó Amy—. Oh, y la abuela me ha hecho un pastel de cumpleaños enorme para que lo trajera a la escuela. Lo compartiremos mañana, a la hora del té.

Las niñas de tercero se frotaron las manos al oír esas palabras y gritaron entusiasmadas:

—¡Bien dicho, Amy!

Luego Freddie, algo melancólica, dejó escapar un suspiro y confesó:

—Echo mucho de menos a la señora Dale. Creo que eres muy afortunada de tenerla por abuela, Amy.

—Bueno, se quedará aquí hasta final de curso —dijo

Amy—. Y sé que estaría encantada de que fueras a visitarla antes de que se vaya, Freddie.

La niña se alegró de saberlo. Esa noche muchas alumnas de tercero subieron a acostarse algo más tarde. Salvo dos de ellas. Felicity había estado vigilando a escondidas a Veronica mientras todas estaban en la sala comunitaria y la niña parecía muy abatida, perdida en sus propios pensamientos, sin apenas decir una palabra. Felicity, por supuesto, estaba muy preocupada, porque sabía que muy pronto tendría que decidir si hablaba de ello con la directora. Ojalá lo tuviera claro, pero cuando Veronica le había contado los problemas que había tenido con Katherine y la forma en que sus compañeras de clase habían despreciado sus esfuerzos por cambiar, Felicity había intuido a la niña humilde y dulce que había conocido el día de la fiesta de mitad de trimestre. La decisión que iba a tomar afectaría al futuro de Veronica, y **Felicity sentía el peso de la responsabilidad sobre sus hombros**.

Al final, la delegada consiguió conciliar el sueño y a la mañana siguiente se despertó con las ideas claras. Si Veronica no recibía ningún castigo y creía que se había salido con la suya con sus horribles bromas, podía acabar teniendo problemas aún más serios.

Felicity les pidió a Susan, Pam, Julie y Nora que se quedaran en el dormitorio mientras las demás bajaban a desayunar, y les comunicó su decisión.

—Estoy convencida de que haces lo correcto, Felicity —dijo Susan—. Y solo espero que Veronica aprenda algo de todo esto. **¿Cuándo piensas ir a ver a la señorita Grayling?**

—Después de desayunar —respondió—. No va a ser agradable y prefiero hacerlo cuanto antes.

—Sé que Veronica se ha comportado de un modo despreciable —dijo Pam frunciendo el ceño—, pero espero que la señorita Grayling no la expulse.

De repente, alguien soltó un chillido justo detrás del grupo de niñas y todas se volvieron rápidamente: allí estaba Bonnie, de pie, con cara de susto.

—¡Bonnie! —gritó Felicity—. Creía que habías bajado a desayunar.

—Estaba en el baño —aclaró la niña con una expresión extraña—. Pam, ¿por qué iba la señorita Grayling a expulsar a Veronica?

Pam intercambió una mirada con Felicity, que asintió con la cabeza y dijo:

—**No hay razón para que no le cuentes a Bonnie la verdad.** Muy pronto lo sabrá todo el mundo.

—Bonnie, hemos descubierto que Veronica es la persona que ha estado haciendo desaparecer las cosas de Felicity —le explicó Pam a la niña—. Y no solo eso, también rompió su fotografía.

Bonnie no dijo nada y se limitó a quedarse allí plantada, totalmente estupefacta. Las demás, conscientes de que la niña no era amiga de Veronica, no alcanzaban a entender su reacción.

—Oye, Bonnie, ¿te encuentras bien? —preguntó Julie.

—Sí, pero necesito hablar con Felicity en privado —respondió retorciéndose las manos, muy inquieta—. **¿Os importaría dejarnos solas?**

Las demás, muertas de curiosidad, se fueron a desayunar mientras Felicity se preguntaba qué demonios debía de querer Bonnie. En los últimos días, la niña no le había dirigido la palabra, salvo cuando había sido totalmente necesario, así que fuera lo que fuera a decirle, tenía que ser importante.

CAPÍTULO 16

Veronica tiene una oportunidad

—*¿Qué ocurre, Bonnie?* —preguntó Felicity, que estaba hambrienta y además no quería ganarse un castigo por llegar tarde a desayunar.

Bonnie no contestó. Se limitó a ir hasta el armario que tenía junto a la cama y sacó una caja de cartón.

—Mira dentro —dijo mientras se la daba a Felicity.

Felicity levantó la tapa ¡y ahogó un grito! Dentro estaban todas las cosas que había perdido: la pluma, el guion de la obra de teatro, el cordón del zapato... ***¡Todo lo que le había desaparecido!***

—Pero ¡no lo entiendo! —exclamó, perpleja—. ¿Cómo han ido a parar mis cosas a tu armario? ¿Te ha pedido Veronica que se las escondieras?

Parecía poco probable, teniendo en cuenta que Bonnie y Veronica no eran precisamente buenas amigas, pero a Felicity no se le ocurría otra explicación.

—¡Por supuesto que no! —respondió Bonnie mirándola con aire inocente—. No fue Veronica quien cogió tus cosas: fui yo.

—¿Tú? —preguntó Felicity dejándose caer encima de la

cama, realmente asombrada—. Pero... pero ¿por qué, Bonnie?

—***Para vengarme de ti por haber sido tan mala conmigo, por supuesto*** —se limitó a responder Bonnie, como si para ella fuera la cosa más normal del mundo—. Mira, yo creía que eras mi amiga. Y luego, cuando descubrí que no lo eras, me enfadé mucho. Pero, por supuesto, no puedo permitir que Veronica cargue con la culpa y acabe expulsada de la escuela, por muy mal que me caiga.

Felicity se quedó sin palabras durante unos instantes; la sinceridad directa de Bonnie y el descubrimiento de que era ella quien le había estado gastando esas bromas durante todo ese tiempo la habían dejado de piedra. Cuando por fin recuperó la voz, dijo:

—Sí, habría estado muy mal que hubieras permitido que Veronica cargara con la culpa. Pero, Bonnie, ¿no se te ocurrió pensar que también estaba mal llevarte mis cosas? Porque ***¡eso es robar!***

—¡Por supuesto que no! —respondió—. Nunca he pretendido quedarme con tus cosas. A ver, ¿para qué iba a querer yo un viejo cordón de zapato o un guion que ya tengo? Tenía pensado devolvértelo todo a final de curso. Mira, no se me ocurrió otro modo de desquitarme.

Bonnie, pensó Felicity, ¡tenía la capacidad de explicar las cosas más extraordinarias de modo que parecieran de lo más normales!

—Pero supongo que sabías que me preocupaba y me molestaba que mis cosas desaparecieran —insistió Felicity tratando de hacerle entender de nuevo que había hecho mal.

—Claro —dijo Bonnie, asintiendo con su hermosa cabecita—. Pero ¡de eso se trataba! Quiero decir, **¿qué gracia tiene gastarle este tipo de bromas a alguien si no le molesta?**

—Sí, pero, Bonnie, la cuestión es que no deberías haberme gastado esas bromas —le explicó Felicity, muy seria—. Entiendo que te sintieras herida, pero este no es el modo como arreglamos las cosas en Torres de Malory.

—¿Ah, no? Vale, pues entonces no volveré a hacerlo —concluyó alegremente—. Oh, Felicity, ¡fíjate qué hora es! Nos vamos a ganar una buena bronca si no bajamos a desayunar enseguida. Aunque no tengo mucha hambre. ¿Y tú?

—Ya no —respondió Felicity dejando escapar un suspiro—. Bonnie, te das cuenta de que tendré que contarles todo esto a Susan y a las demás, ¿verdad? Por no hablar de Veronica.

—¿Tienes que hacerlo? —dijo la niña haciendo un mohín—. Esperaba que pudiera quedar entre nosotras.

—No puede ser —le dijo Felicity con firmeza—. Las demás le han cogido a Veronica una manía horrorosa porque creen que es la responsable de los robos, y debo aclararlo todo. Y, en cuanto a Veronica... Dios mío, debe de ser horrible que te acusen sin motivo de algo cuando eres inocente. **Tengo que decirle cuanto antes que sé que no ha sido ella.**

—Sí, supongo que debes hacerlo —coincidió Bonnie a regañadientes—. Pero entonces las demás me cogerán manía a mí. ¡Qué horror!

Pero, por alguna razón, Felicity sabía que Bonnie, que era mucho más fuerte de lo que parecía, sabría sobrellevar la situación a su manera.

—¡La muy bruja! —exclamó Susan, cuando Felicity les dio la noticia a ella, Nora, Pam y Julie después de las clases.

—Aunque hay que reconocérselo —opinó Pam, pensativa—: **Incluso cuando hace una travesura es lo bastante sincera como para dar la cara.** Quiero decir, que pensaba confesar lo que había hecho y devolverle luego a Felicity todas sus cosas, así que en el fondo no es tan mala.

—No cabe duda de que tiene su forma particular de ver las cosas —observó Nora sacudiendo la cabeza—. Aunque, por supuesto, algunas de sus ideas son equivocadas.

—Seguro que, cuando lleve un tiempo en Torres de Malory, acabará entendiendo cómo se hacen las cosas aquí —dijo Julie—. Eso es lo mejor de las escuelas tan fantásticas como esta: además de asignaturas como matemáticas, inglés y demás, aprendes cosas que son igualmente importantes. Cosas como el sentido de la decencia, la justicia y la responsabilidad.

Pero Susan, menos inclinada a ser comprensiva, le dijo a Felicity cuando las demás se fueron:

—Espero que dejes que la señorita Grayling se encargue de Bonnie.

—No había pensado en ello —respondió su amiga mordiéndose el labio—. ¿Crees que debería hacerlo, Susan?

—¡Por supuesto! —exclamó la niña con firmeza—. Ibas a decirle que había sido Veronica, ¿no? No veo qué diferencia hay.

—Pues la hay —aseguró Felicity—. Bonnie no había ido nunca a la escuela, y no acaba de entender...

—Oh, Felicity, por favor, ¡no empieces a defenderla! —la interrumpió Susan con impaciencia—. A su edad ya debería conocer la diferencia entre el bien y el mal. ¡No haber ido nunca a una escuela no puede servir de excusa para todo!

Felicity sabía que Susan tenía razón, pero también se daba cuenta de que su amiga estaba enfadada consigo misma, y con Bonnie, porque había sido ella la primera en acusar a Veronica de ser la responsable de los robos. Así que cogió a Susan del brazo y le dijo:

—*Vamos, no vale la pena que nos peleemos por esto*. ¡Es lo último que quiero! Me plantearé lo de informar a la directora de lo que ha hecho Bonnie, te lo prometo. Pero, antes que nada, tengo que disculparme con Veronica.

A Susan se le pasó el enfado enseguida y, estrechándole el brazo a Felicity, le dijo, arrepentida:

—No eres la única que le debe una disculpa a Veronica. Yo me precipité y la acusé sin siquiera molestarme a escuchar sus explicaciones, porque ya me había convencido de que era culpable. Esto me enseñará a no sacar conclusiones precipitadas a la hora de juzgar a la gente, te lo aseguro. Venga, vamos a buscarla.

Veronica estaba sola, contemplando a un grupo de alumnas de segundo que jugaban a la pelota, y a las dos niñas les supo mal verla así.

—*Seguro que Veronica se quedará sola ahora que Amy y Bonnie han hecho las paces* —comentó Felicity.

Susan estuvo de acuerdo.

—De todos modos, nunca me ha parecido que a Amy le cayera muy bien Veronica. No tienen nada en común. Veronica no es santo de mi devoción, pero debe de ser horrible no tener a nadie con quien hablar, o con quien compartir los secretos y las alegrías. Es una lástima que no podamos ayudarla de algún modo.

—Sí que podemos —le dijo Felicity con entusiasmo—. Mira, Susan, creo que Veronica tiene otra cara, una cara amable y respetable. La he visto un par de veces y estoy convencida de que si ponemos un poco de empeño (bueno, mucho), podremos sacarla a la luz.

Susan, ansiosa por reconciliarse con Veronica después de haberla acusado injustamente, se apresuró a preguntar:

—*¿Qué tienes en mente?*

—Bueno, solo creo que deberíamos darle una oportunidad; ya sabes, ser amables con ella e incluirla en nuestras actividades. Ahora que Amy ya no busca tanto su compañía, es posible que acepte la oportunidad que le damos.

—Sí, hagámoslo —coincidió Susan—. Aunque me temo que sé de una que no querrá participar: June. Nunca tendrá tiempo para Veronica y seguro que tratará de echar tu idea por tierra.

—June tendrá que hacer lo que se le diga y seguir nuestras indicaciones por una vez —respondió Felicity con determinación—. Y si se atreve a mofarse de mí, ***¡le diré cuatro cosas bien dichas!***

Al ver ese brillo en los ojos de su amiga, a Susan no le cupo duda de que lo haría. Pero ahora tenían otras cosas de las que preocuparse. Felicity no se anduvo con rodeos y fue directa hacia Veronica.

—Veronica —le dijo con franqueza—, ahora ya sé que no fuiste tú quien cogió mis cosas y siento mucho no haberte creído cuando me aseguraste que eras inocente. ***Por favor, acepta mis disculpas.***

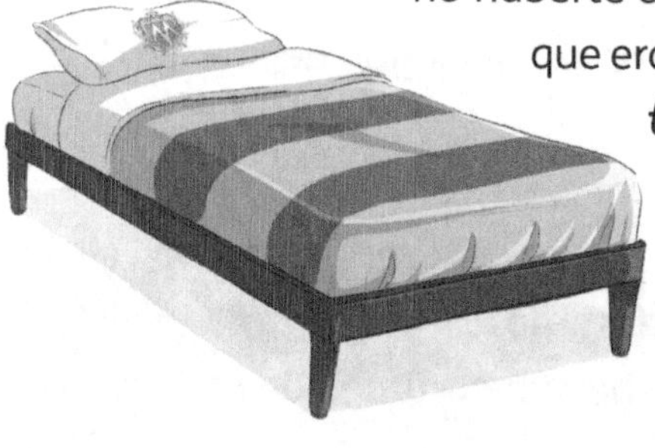

La niña le tendió la mano y Veronica se la estrechó con cierto recelo.

—¿Qué ha ocurrido? **¿Has descubierto quién era la auténtica culpable?**

—Sí —respondió Felicity—. Era Bonnie. Ha confesado cuando ha sabido que sospechaba de ti.

—Y yo también lo siento, Veronica —dijo Susan dando un paso al frente—. Te vi plantada delante del marco roto de la fotografía de Felicity y enseguida pensé lo peor. Metí la pata.

Veronica, sorprendida y, al mismo tiempo, complacida, se sonrojó y dijo:

—No, no la metiste. Es culpa mía que la gente piense mal de mí; ahora lo veo. Mira, admito que al principio no me caías muy bien, Felicity, pero nunca podría hacerle algo malo a alguien que se ha portado conmigo tan bien como lo hicisteis tú y tus padres el día de la celebración de mitad de trimestre. No importa lo que ocurra entre nosotras en el futuro. Eso no lo olvidaré jamás.

Ahora fue Felicity la que se sonrojó, porque el breve discurso de Veronica la conmovió... y no cabía duda de que la niña había sido sincera. Susan aprovechó el inciso para decir:

—Felicity y yo íbamos al entrenamiento de *lacrosse*. **¿Por qué no te vienes con nosotras, Veronica?**

La niña, asombrada y también complacida por la invitación, dijo:

—No tiene mucho sentido que vaya con vosotras a entrenar. No se me da nada bien el *lacrosse*... ni ningún deporte, a decir verdad.

—Es posible, pero puedes ver el entrenamiento y gritarnos algunas palabras de ánimo a Susan y a mí —propuso Felicity—. ¡Te aseguro que las necesitamos!

June y Freddie, que ya estaban en el campo de *lacrosse*, se quedaron con la boca abierta cuando vieron que Felicity, Susan y Veronica se acercaban charlando amigablemente.

—*Parece que nuestra querida Veronica ha hecho dos amiguitas nuevas* —ironizó June arrastrando las palabras cuando Veronica tomó asiento en las gradas—. La verdad, Felicity, ya sé que siempre tratas de ver la parte positiva de las personas y esas cosas, pero estoy segura de que incluso tú sabrás que esa chica es un caso perdido.

—Te equivocas, June —dijo Felicity resuelta a no dejarse afectar por la actitud burlona de la niña—. Susan y yo hemos decidido darle a Veronica una oportunidad para que pueda demostrar que no es tan mala como la gente cree. Y me gustaría que el resto de la clase, incluida tú, hicierais lo mismo.

June se echó a reír y dijo en tono de mofa:

—No pienso lamerle el culo a esa rata despreciable. Si me lo pides...

Pero June no pudo seguir: Freddie intervino de forma inesperada y le dio un buen empujón.

—*¡Nadie te lo ha pedido, June!* —le gritó, muy cortante—. Tendrías que ser la primera en darle a Veronica una oportunidad, teniendo en cuenta el comportamiento que has tenido tú este curso.

—Freddie lleva razón —coincidió Susan muy severa—. Al menos Veronica ha aprendido algo de sus errores; no me parece que tú lo hayas hecho, June.

—Oh, June no necesita aprender nada —dijo Felicity mirando a la niña con dureza—. Ella lo sabe todo, ¿verdad, June?

June, desconcertada por ese ataque repentino procedente de todos los frentes, trató de encontrar una réplica adecuada, pero no pudo.

—***Tu problema, June, es que nunca aprendes la lección*** —prosiguió Felicity—. Sé que te arrepentiste de haber metido a Freddie en el lío de la señora Dale y también de que las dos acabaran sufriendo. Y estoy convencida de que le dijiste a Freddie (y a ti misma) que aprendiste la lección. Pero no es cierto. Ahora que todas las personas implicadas te han perdonado, has recuperado tu yo egoísta, engreído y sin corazón.

—Sí, y me prometiste que harías lo que fuera para reconciliarte conmigo —le recordó Freddie—. Pues bien, June, si eras sincera, quiero que apoyes a Felicity y trates de ser amable con Veronica.

June tenía que admitir que había mucha verdad en las palabras de las demás, y no quería pelearse con Freddie otra vez, así que dijo:

—***Sé que a veces puedo ser difícil***... Es como soy. Mi prima Alicia era igual, aunque se ha suavizado un poco a medida que se ido haciendo mayor; tal vez a mí me ocurra lo mismo. En cuanto a lo de que soy engreída, Alicia solía decirme que era como una pelota de goma: por muy fuerte que se me arrojara contra el suelo, yo siempre recuperaba la forma. Tal vez eso también cambie algún día. Y tenéis toda la razón del mundo en una cosa: me he portado de pena este curso y debería darle a Veronica la oportunidad de demostrar que tiene un lado bueno. Y eso es precisamente lo que trataré de hacer.

Con eso Felicity se daba por satisfecha. June tenía sus defectos (y eran de los malos), pero si decía que iba a hacer algo, cumplía con su palabra.

Veronica también se estaba esforzando y se sorprendió al darse cuenta de que el partido que se jugaba en el campo la había absorbido por completo: *¡la niña no paraba de desgañitarse para animar a las demás!*

—¡Vamos, Susan!

»¡Buen tiro, Felicity!

»¡Oh, bien hecho, June!

Este último grito lo soltó cuando June atrapó una pelota especialmente difícil cerca de la portería y consiguió marcar. Y, al ver que June se volvía para dedicarle a Veronica una sonrisa y saludarla con la mano, Felicity se llevó una alegría. Solo faltaba una semana para que terminara el trimestre y parecía que las cosas se estaban enderezando. *¡Si al menos pudiera decidir qué hacer con Bonnie!*, pensó Felicity.

Después de la hora del té, la delegada se tomó unos minutos para ella misma y decidió dar un paseo a solas por los jardines con la esperanza de resolver el problema. Cuando empezó a anochecer, sin embargo, aún no había encontrado la solución. Por supuesto, Bonnie tenía que comprender que había actuado mal y aprender que no podía vengarse de la gente cada vez que la disgustaban. Era una niña mimada y egoísta que no tenía escrúpulos cuando se trataba de conseguir lo que quería. Pero Felicity se había dado cuenta de que también tenía muchas cualidades: era decidida y terca cuando tenía un objetivo a la vista, no le daba miedo defenderse y era sincera. Y ¿qué lugar mejor que Torres de Malory para cultivar esas cualidades y conseguir que lo bueno eclipsara lo malo?

Felicity, enfrascada en esos pensamientos, no se dio cuenta de que había llegado al jardín privado de la señorita Grayling hasta que se encontró a la directora delante de sus narices.

—¡Vaya, Felicity! —exclamó la mujer, sorprendida—. ***¿Qué estás haciendo aquí, querida?***

—Señorita Grayling, es que estaba pensando en mis cosas y no me he dado cuenta de que había llegado hasta tan lejos. Será mejor que regrese a la Torre Norte.

La señorita Grayling la escrutó con la mirada.

—En realidad me alegro de que estés aquí —le dijo—, quería hablar contigo de un asunto. Por favor, acompáñame a mi estudio.

Felicity siguió a la señorita Grayling por la impecable extensión de césped y cruzó tras ella las cristaleras que conducían a su estudio, preguntándose de qué querría hablarle la directora. ***¡Esperaba que no se avecinaran más problemas!***

La señorita Grayling se sentó tras su imponente escritorio e invitó a Felicity a tomar asiento, justo delante. Luego empezó a decirle:

—Quería hablar contigo acerca de Veronica Sharpe. Como probablemente ya sabrás, no era muy popular en su clase de antes, de ahí que decidiéramos que repitiera curso. Esperábamos que le vendría bien separarse de las niñas que tanto la detestaban. Tú eres la delegada de tercero y me gustaría saber qué piensas de ella.

—Bueno, **hemos tenido algunos problemas con Veronica** —reconoció Felicity, muy honrada de que la directora se interesara por su opinión. La niña quería ser lo más sincera posible—. Y a las de tercero tampoco les cae muy bien. Pero creo que, bajo esa apariencia, hay una persona que vale la pena. Estamos haciendo todo lo posible para darle una oportunidad y parece que la está aprovechando.

—Me alegro mucho de oír eso —respondió la señorita Grayling—. Mira, Felicity, **Veronica es demasiado mayor para quedarse en tercero más de un trimestre**. He hablado de ello con la señorita Peters y ambas estamos de acuerdo en que Veronica debería volver con sus compañeras de cuarto el próximo trimestre. Ya habrá estado separada de ellas bastante tiempo, así que espero que puedan empezar una nueva relación.

Felicity también lo esperaba. Quizá debería tener una charla con Katherine, la delegada de cuarto, y ver si podía convencerla para que hiciera borrón y cuenta nueva. Si Katherine estaba dispuesta a tenderle la mano a Veronica, seguro que las demás alumnas de cuarto harían lo mismo. Y entonces a Felicity se le ocurrió que, si finalmente se decidía a contarle a la directora lo de Bonnie, ese era tan buen momento como cualquier otro. El problema era que, en el fondo, la niña no quería mezclar en eso a la señorita Grayling; prefería que el asunto se resolviera en privado entre las de tercero. ¿Acaso lo veía así porque era demasiado blanda? Esperaba

que no. Quería ser una líder fuerte, como lo había sido Darrell. Mientras todos esos pensamientos revoloteaban en su cabeza, los sagaces ojos azules de la señorita Grayling la observaban con atención, viendo mucho más de lo que Felicity creía. Al cabo de un rato, la directora le preguntó:

—*¿Hay algo que te preocupe, Felicity?*

—Esto... No, señorita Grayling, por supuesto que no —respondió con la voz tensa.

—¿Estás segura? —insistió la señorita Grayling—. Ya sabes que si tienes cualquier problema siempre puedes acudir a mí. Al fin y al cabo, para eso estoy aquí.

Felicity titubeó. ¿Podía explicarle a la directora lo que le preocupaba sin sacar a relucir el nombre de Bonnie? Decidió intentarlo.

—Bueno, señorita Grayling, es que he tenido un problema con una niña de tercero. No es nada grave y creo que preferiría ocuparme de ello personalmente y no contarlo a las profesoras. Pero no estoy segura de estar haciendo lo correcto, ni para el conjunto de la clase, ni tampoco para la niña en cuestión. No paro de preguntarme lo que Darrell habría decidido si se hubiera encontrado en mi situación, pero...

—Mi querida Felicity, *¿qué tiene que ver Darrell en todo esto?* —se apresuró a interrumpirla la directora.

—¡Es que ella siempre estaba tan segura de sí misma! —exclamó Felicity—. Y fue una delegada estupenda. No sé, tengo la sensación de que si tomo la decisión equivocada, la decepcionaré a ella y también a mí misma.

—*Darrell fue una delegada excelente* —confirmó la señorita Grayling—, pero eso no significa que no cometiera errores, especialmente cuando todavía estaba en los primeros cursos. Darrell no era perfecta... Nadie lo es. ¡Recuerdo que tenía un carácter muy fuerte y eso le acarreó problemas más de una vez!

La directora sonrió y Felicity hizo lo mismo con timidez.

—Aún tiene un carácter fuerte —respondió la niña—, pero ha aprendido a controlarlo.

—*Exacto: ha aprendido a controlarlo.* Como tú aprenderás a tener fe en tu propio instinto y en tu propio juicio. Mira, la delegada de tercero no es Darrell, sino tú. Y tú eres muy distinta a tu hermana, así que deja ya de preocuparte por lo que ella haría en esta o en cualquier otra situación. En cuanto a cómo deberías tratar el tema del que me has hablado... Bueno, creo que tú misma te has respondido. Haz lo que creas correcto. Puede que descubras que no era la decisión adecuada, pero al menos habrá sido la tuya.

Cuando Felicity escuchó las palabras sabias de la señorita Grayling, de repente lo vio todo con una claridad cristalina. Se había preocupado demasiado por lo que las demás podrían pensar de ella y no debería haberle importado que la compararan con su hermana mayor. Ser una líder fuerte no significa ser directa y no tener pelos en la lengua, sino ser fiel a ti misma y a tu propio carácter. Y, a partir de ese momento, pensó Felicity después de despedirse de la directora, ¡pensaba hacer exactamente eso!

CAPÍTULO 17

Un final de trimestre feliz

La última semana del trimestre pasó volando. En la escuela, todas las chicas estaban revolucionadas, impacientes por empezar las vacaciones navideñas y disfrutar de las comedias musicales y las fiestas.

—***Mi primer trimestre como delegada ya casi ha terminado***—le dijo Felicity a Susan—. Y ¡menudo trimestre!

—Sí, la verdad es que ha tenido altos y bajos —coincidió su amiga—. ¡Menos mal que en los últimos días todo han sido altos!

—Sí, Amy ha estado mucho más contenta desde que se aclaró todo lo de su abuela —observó Felicity—. E incluso Bonnie ha actuado con más sentido común después de mantener esa charla con ella.

Felicity decidió que no iba a contarle a la directora lo de Bonnie y habló con ella para comunicárselo. La niña, sin embargo, no pareció darse cuenta de la suerte que había tenido y se limitó a esbozar una sonrisa y reponer con indiferencia:

—Oh, gracias, Felicity.

Luego volvió a fijar la mirada en la prenda que estaba cosiendo. Felicity se quedó contemplando la cabeza cubierta de rizos de la niña unos instantes y tomó otra decisión. Tal vez Bonnie se había librado de la bronca de la señorita Grayling, pero Felicity iba a dejarle muy claro cuál era el comportamiento que se esperaba de una niña de Torres de Malory.

Bonnie se la quedó escuchando con la boca abierta y, cuando Felicity terminó su severo discurso, algunas lágrimas surcaban sus mejillas. La delegada, sin embargo, convencida de que no eran auténticas, sino más bien un intento de ganarse su simpatía, se mostró impasible. A lo largo de los días siguientes, sin embargo, Bonnie pareció hacer un esfuerzo para comportarse con más sensatez y Felicity se sintió muy complacida: al parecer, sus palabras no habían sido en vano.

Incluso Susan, que opinaba que Felicity había cometido un error al decidir ocuparse personalmente de Bonnie, tuvo que admitir que se había equivocado.

—*La verdad es que parece que Bonnie ha pasado página* —le dijo—. Y también Veronica... Es que no dirías que es la misma persona. Y eso también es gracias a ti.

Felicity le restó importancia al comentario con su habitual modestia, aunque no podía evitar sentir un cosquilleo de satisfacción cuando veía a Veronica riéndose y bromeando con Pam y Nora, algo inimaginable hacía solo un par de semanas. Felicity mantuvo la promesa que se había hecho a sí misma y le habló de Veronica a Katherine, la delegada de cuarto.

Afortunadamente, **Katherine tenía muy buen corazón** y estuvo de acuerdo en convencer a sus compañeras de clase para que hiciesen que Veronica se sintiera a gusto cuando regresara el trimestre siguiente.

—Nunca pensé que diría esto, pero la verdad es que la echaré de menos cuando se incorpore a cuarto —le confesó

Felicity a Susan—. Ahora que ha abandonado sus antiguas costumbres, la verdad es que parece buena persona.

—**¡Y tiene bastante sentido del humor!** —añadió su amiga—. Ayer creí que iba a soltar una carcajada cuando Freddie y June le gastaron esa broma a Mademoiselle Dupont.

Veronica no había sido la única que había estado a punto de echarse a reír, porque ¡había sido una gran jugarreta!

Freddie había esperado a que Susan le entregara su libreta a Mademoiselle para que se la corrigiera y entonces había soltado un chillido ensordecedor que sobresaltó a la profesora de francés. La mujer dio un respingo y una lluvia de gotitas de tinta cayó sobre la libreta de Susan.

—*Mon Dieu!* —gritó Mademoiselle muy enfadada—. Freddie, ¡eres un demonio! ¡Por tu culpa he manchado los deberes de la pobre Susan! **¿Se puede saber por qué has gritado así?**

—¡Una a-araña! —tartamudeó Freddie abriendo mucho los ojos como si estuviera aterrada—. Siento haberla asustado, Mademoiselle, pero es que no soporto las arañas.

En realidad, a Freddie no le daban ningún miedo, pero Mademoiselle sí que lo tenía.

—**¿Dónde se ha metido?** —preguntó con voz temblorosa la profesora de francés, blanca como el papel.

—La he visto corretear por el suelo, hacia su escritorio, Mademoiselle —respondió Freddie.

Al oír eso, la pobre mujer se asustó aún más, y sus ojitos negros buscaron rápidamente por los alrededores de su mesa.

—No la veo —concluyó al cabo de un rato—. Freddie, si esto es una broma...

—**¡No es ninguna broma, Mademoiselle!** —intervino Nora muy seria—. Yo también la he visto. Era enorme... ¡Casi tan grande como un ratón!

Mademoiselle soltó un grito y Felicity se apresuró a decirle con dulzura:

—No se preocupe, Mademoiselle, creo que se ha escapado por debajo de la puerta y ha salido al pasillo.

—Ah, gracias a Dios —suspiró, aliviada, y añadió—: Es que no me gustan nada las arañas. Susan, *ma chère*, siento mucho haber estropeado tu excelente trabajo. Puedes sentarte.

Susan, que sabía que había cometido varios errores, no lo sentía en absoluto, y regresó a su sitio, agradecida. Durante los siguientes minutos la clase prosiguió con tranquilidad. Al poco rato, sin embargo, cuando Mademoiselle les dio la espalda a las niñas para escribir algo en la pizarra, Bonnie soltó otro grito agudo. De nuevo, Mademoiselle pegó un brinco y la tiza que sujetaba con los dedos chirrió. La profesora de francés se volvió hacia la clase.

—**¡La araña, Mademoiselle!** —chilló Bonnie antes de que la mujer pudiera decir nada—. ¡Ha vuelto! ¡La he visto subiendo por la pata de su mesa!

Mademoiselle retrocedió de un salto y se balanceó encima de sus tacones, a punto de perder el equilibrio. Al verla, Nora soltó uno de sus resoplidos escandalosos, pero, por fortuna, Mademoiselle estaba demasiado preocupada para oírla.

—¡June! —gritó—. A ti no te dan miedo las arañas. **¡A ti no te da miedo nada!** Acércate y busca ese bicho.

Y June, tratando de mantener la compostura, se encaminó

hacia la mesa de Mademoiselle y la fue rodeando con una expresión tan ridículamente solemne que algunas de las niñas no pudieron contener la risa. Felicity se rio para sí, mientras a Pam y a Julie les rodaban las lágrimas por las mejillas. En cuanto a Veronica, sus hombros se agitaban mientras la niña luchaba por controlar su ataque de risa.

Al cabo de unos instantes, June dijo:

—No la veo, Mademoiselle. Quizá debería mirar debajo de la tapa del escritorio, para asegurarme de que no se haya escondido dentro.

Mademoiselle estuvo de acuerdo, así que June levantó la tapa y rebuscó a conciencia en el interior de la mesa, haciendo un ruido exagerado mientras hurgaba en todas las esquinas con la regla. Pero la araña no apareció. Mademoiselle se tranquilizó y, tras mandar a June a su sitio, la mujer se dejó caer en la silla.

—¡Buf! El corazón me va a mil. ***¡Tengo palpitaciones!*** —exclamó.

Luego metió la mano en la enorme cartera negra que llevaba a todas partes y sacó un pañuelo con el que se secó la frente. Pero algo inesperado cayó fuera de la cartera de Mademoiselle: ***¡la araña más grande que había visto en su vida!*** Las niñas se habían fijado en que June la dejaba caer allí mientras fingía registrar la mesa, pero a Mademoiselle ese detalle se le había pasado por alto. La pobre mujer no sabía que, en lugar de ser una araña auténtica, se trataba de una araña de goma que Alicia le había mandado a su prima. El bicho aterrizó encima del escritorio con un ruido sordo y, por un segundo, la profesora de francés se quedó paralizada de terror, con la mirada fija en el enorme animal. Luego se puso de pie tan de repente que la silla cayó al suelo y soltó un chillido mucho más fuerte que el de Freddie o Bonnie.

—¡June! —gritó, angustiada—. **¡Líbrame de este monstruo enseguida!**

La niña acudió rápidamente en su ayuda y, corriendo hacia la entrada de la clase, plantó la mano encima de la araña.

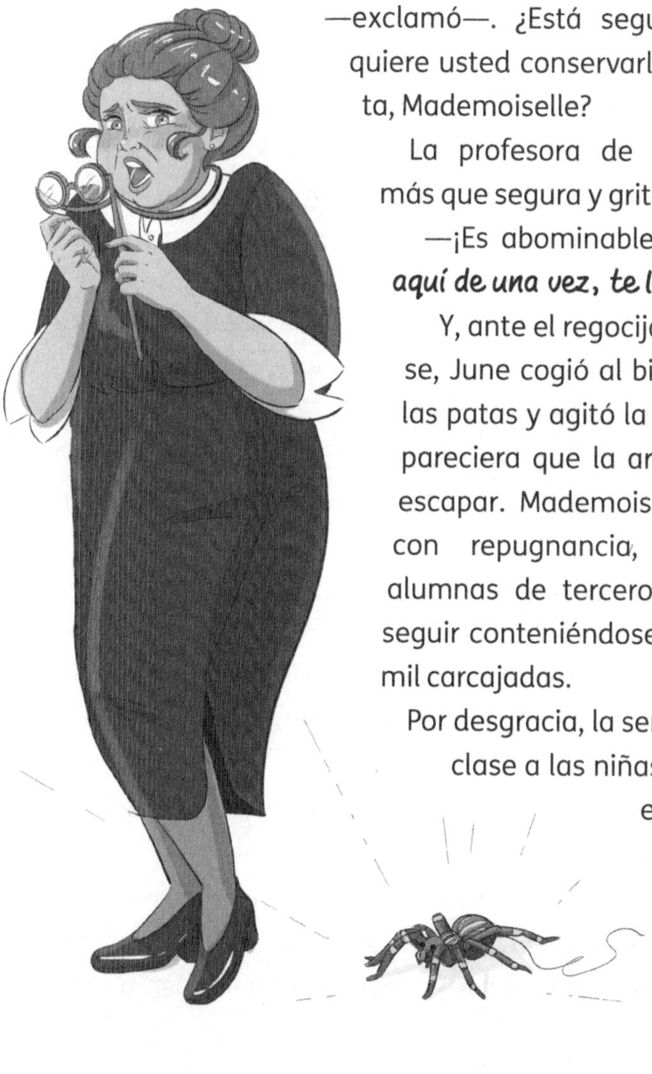

—¡Madre mía! ¡Esta es de las gordas! —exclamó—. ¿Está segura de que no quiere usted conservarla como mascota, Mademoiselle?

La profesora de francés estaba más que segura y gritó:

—¡Es abominable! **¡Llévatela de aquí de una vez, te lo ruego!**

Y, ante el regocijo de toda la clase, June cogió al bicho por una de las patas y agitó la mano para que pareciera que la araña trataba de escapar. Mademoiselle se sacudió con repugnancia, mientras las alumnas de tercero, incapaces de seguir conteniéndose, estallaban en mil carcajadas.

Por desgracia, la señora Potts daba clase a las niñas de primero en el aula contigua y se preguntó qué demonios le estaba pasando

al curso de tercero. Al rato, el escándalo era tal que apenas podía oír su propia voz y sus alumnas empezaron a mirarse unas a otras, desconcertadas.

«¡Esto ya es demasiado! —pensó la señorita Potts, muy indignada—. Mademoiselle debe de haber tenido que salir del aula un momento y sus alumnas están aprovechando su ausencia para hacer de las suyas. **¡Ya son bastante mayores para saber comportarse!**».

La profesora salió del aula como un rayo y llamó a la puertita de la clase de tercero. Era tal el barullo que armaban las niñas que nadie la oyó llamar, así que entró y se quedó paralizada en el umbral de la puerta, contemplando con ojos inteligentes la escena que tenía delante: Mademoiselle, muy exaltada, las niñas llorando de risa y June en el centro de la acción..., ¡como siempre!

—¡Mademoiselle! —se desgañitó—. ¿Qué significa todo esto?

La voz y el rostro severos de la profesora calmaron a las niñas en el acto, y sus risas desaparecieron cuando Mademoiselle gritó:

—¡Ah, señorita Potts! **¡Hay una araña!** Una tan grande como el puño de un hombre. Pero, por suerte, nuestra querida June la ha cogido.

—¿Ah, sí? —respondió la señorita Potts muy seca, posando su mirada gélida en una June avergonzada.

Y entonces la señorita Potts vio lo que Mademoiselle no había visto: que la araña era de mentira.

—¡Qué valiente eres, June! —exclamó con sarcasmo antes de volverse hacia la profesora de francés—. Mademoiselle, yo que usted le echaría un vistazo más de cerca a esa araña.

Y, dicho esto, la señorita Potts abandonó el aula dando un portazo ante la mirada indignada y también desconcertada de Mademoiselle. **¿Se había vuelto loca la señorita Potts?** ¿Por qué querría ella, Mademoiselle, ver esa araña más de cerca? ¡Lo que deseaba era tener a ese bicho lo más lejos posible! Se volvió hacia la clase y, de pronto, cayó en la cuenta de que todas las niñas la observaban, ansiosas. Especialmente June, que seguía de pie delante de su escritorio, sujetando la araña. Una araña inmóvil que había dejado de retorcerse y agitarse. De repente, Mademoiselle cayó en la cuenta: ¡le habían tomado el pelo!

—¡June! —chilló—. **Eres un demonio.** Todas los sois, porque habéis engañado a vuestra pobre Mademoiselle. Vamos, vuelve a tu sitio. Ya decidiré qué castigo os merecéis.

Las niñas de tercero se comportaron como corderillos lo que quedaba de clase, aunque a más de una se le escapó alguna risita al recordar la reacción de Mademoiselle con la araña. Sería una vergüenza si las castigaba, pero, aun así..., **¡esa broma lo merecía!**

Al final de la clase, Mademoiselle se levantó y paseó una mirada sombría por el aula. Al final, dijo muy seria:

—Ya he decidido cuál será vuestro castigo. Estas vacaciones todas me escribiréis una redacción acerca de los hábitos de las arañas... ¡en francés!

Se oyó un grito ahogado colectivo y las niñas se miraron las unas a las otras, horrorizadas. ¡Esas vacaciones tenían cosas más importantes que hacer que escribir una horrible redacción en francés! ¿Acaso Mademoiselle no sabía que era Navidad?

La profesora de francés contempló satisfecha los rostros

horrorizados de las niñas. Luego, poco a poco, sus labios formaron una sonrisa y la mujer se echó a reír.

—¡Ja! —soltó—. ¡Ahora he sido yo la que os he tomado el pelo! No tendréis que escribir ninguna redacción estas vacaciones, pero habéis sido muy malas y, como castigo, tendréis que esforzaros el doble en francés el próximo trimestre.

—¡Lo haremos, Mademoiselle! ¡Prometido! —gritaron todas a coro, aliviadas y encantadas.

—***¡La buena de Mademoiselle!*** —se rio Felicity cuando ya salían de clase.

—Sí, ¡es fantástica! —le respondió Susan.

—Y, June, Freddie, ha sido una broma genial, de verdad —dijo Pam, muy sonriente—. Dios mío, creía que me moría de la risa cuando la araña ha caído encima de la mesa de Mademoiselle.

—¡Genial! —coincidieron todas.

Mientras recordaban todo lo que había pasado, Felicity dijo con un suspiro:

—***¡Oh, qué divertido ha sido!*** Tengo tantas ganas de volver a casa, de pasar allí las Navidades y de ver a mis padres y a Darrell. Pero sé que dentro de un par de semanas ya estaré impaciente por regresar a Torres de Malory de nuevo.

—Me pregunto si verás mucho a Bonnie estas vacaciones —dijo Susan, y Felicity soltó un gruñido.

Lo único que empañaba sus ganas de empezar cuanto antes las vacaciones de Navidad era la idea de que Bonnie vivía calle abajo. A pesar de que las dos niñas se habían llevado mucho mejor después de haber dejado las cosas claras, era obvio que Bonnie estaba encantada con su amistad con Amy y ya no adoraba a Felicity como antes. Sin embargo, Felicity no conseguía librarse del temor de que Bonnie, al separarse de Amy, volviera a pegarse a ella. Al fin y al cabo, ¡una nunca podía estar segura de lo que se le pasaba a esa niña por la cabeza!

Pero Felicity aún tenía que recibir una última buena noticia. Dos días antes de terminar el trimestre, Bonnie se le acercó con una carta en la mano.

—¿Sabes qué, Felicity? —le dijo—. **He recibido una carta de mamá... ¡y nos mudamos!** Papá ha encontrado trabajo en otra parte del país y nos trasladamos allí. Nos iremos unos días después de Navidades.

Felicity apenas sabía qué decir, pero, al final, respondió:

—Bueno, esto... Lo siento, Bonnie. Te... te echaré de menos.

Bonnie la miró con dureza y luego se alejó soltando una risa.

—¡No, no es verdad! Estarás encantada de que me marche... ¡Admítelo!

La niña no parecía ofendida, así que Felicity sonrió y respondió:

—Bueno, yo no diría tanto. ¿Sabes? No eres tan mala. **¡Es solo que tienes unas ideas algo curiosas!**

—¡Y dale! —se rio Bonnie—. Bueno, regresaré a la escuela después de vacaciones, así que tal vez entonces aprenda a ser una estudiante de Torres de Malory como es debido.

—Bueno, esperémoslo —dijo Pam más tarde, cuando Felicity le reprodujo esa conversación—. Parece que últimamente ha aprendido a tener un poco más de sentido común.

—Sí, pero espero que sus padres no estropeen el buen trabajo que hemos hecho aquí —suspiró Felicity—. Tienen tendencia a mimarla mucho en Navidades.

—Ahí llega otra a la que consentirán demasiado en casa —anunció Julie cuando se acercaba Amy—. *¡Vete a saber qué regalos fabulosos tienen planeado hacerle sus padres en Navidad!*

—Seguro que la señora Dale la ayudará a mantener los pies en el suelo —observó Freddie—. O al menos hará lo posible.

—Bueno, ¡pues que tenga mucha suerte! —exclamó Nora, que, impaciente por pasar tiempo con su propia familia, había perdido el interés en Amy o en Bonnie—. Vaya, solo dos días más... ¡y nos iremos a casa! *¿Adónde ha ido a parar este trimestre?*

Nadie tenía respuesta para eso, pero el día siguiente pasó aún más deprisa y por fin llegó el último.

En el gran vestíbulo de la entrada no cabía un alma y el alboroto era colosal: las niñas y las profesoras se despedían mutuamente, se intercambiaban invitaciones para Navidades y los padres que habían acudido a recoger a sus hijas se unían a la aglomeración.

—¡Adiós, señorita Peters! ¡Adiós, Mademoiselle Dupont!

—No comas demasiado pudin de Navidad, Pam.

—Nos vemos el 26 de diciembre para la representación navideña.

—¡Felicity, han llegado tus padres! Te están esperando fuera.

Había llegado el momento de marcharse. Felicity corrió afuera a saludar a sus padres, pero se detuvo en la puerta principal para exclamar:

—*¡Adiós, Torres de Malory!* ¡Nos vemos el próximo trimestre! ¡Te echaré de menos!

Y nosotros te echaremos de menos a ti, Felicity. Pero volveremos a vernos muy pronto.

Conoce más secretos de Torres de Malory...

No me extraña
que a Darrell le gustase
tanto Torres de Malory.
¡Es precioso!

Y pensar en las bromas que nos hemos gastado...

Normas y reglas en Torres de Malory

- ☐ Las alumnas deberán vestir con el uniforme de la escuela y llevarlo siempre planchado. No se tolerarán las manchas.
- ☐ Todos los días se levantarán a las siete de la mañana y se acostarán a las nueve de la noche.
- ☐ Se espera que las alumnas se comporten adecuadamente en todo momento, como representantes de la institución.
- ☐ La asistencia a las clases será obligatoria y deberá realizarse cada tarde una hora de estudio.
- ☐ Se considerará falta grave no entregar los deberes o hacerlos con letra ininteligible.
- ☐ Está terminantemente prohibido hacer corrillos. Los pasillos no son lugar para reuniones.
- ☐ El almuerzo y la cena están fijados a la una del mediodía y las ocho de la tarde. La asistencia es obligatoria.
- ☐ Está prohibido llevarse comida al dormitorio.

LA DIRECCIÓN

Las verdaderas normas

- ☐ Todas somos amigas y nos cuidamos entre nosotras.
- ☐ No solo tenemos que estudiar, ¡también hemos venido a pasarlo bien!
- ☐ Nunca hagas nada malo delante de la Sra. Potts. No quieres hacerla enfadar.
- ☐ Si alguna molesta por la noche, las demás no le dirigirán la palabra en tres días.
- ☐ No somos acusicas. Si alguna gasta una broma, no será delatada.
- ☐ Está prohibido llevarse comida al dormitorio, pero ¡nadie ha hablado de las taquillas!
- ☐ Debemos llevar el uniforme de la escuela todos los días, pero siempre se puede personalizar un poquitín. Pide a tus compañeras que te aconsejen.
- ☐ No usarás el palo de lacrosse para cualquier otra cosa que no sea honrar este deporte.

Las alumnas

Las mejores notitas del curso

¡A ver si adivinas de quién son!

Mañana es el día:
le gastaremos
la broma a
Mademoiselle Rouqier.
¡No te rías!

¡Esta tarde toca
animar al equipo
de lacrosse!

Han rescatado a un gato que se subió a un árbol. ¿Os habéis enterado?

¿Habéis visto a Veronica y Felicity? Ahora parecen ser muy buenas amigas.

¡Tenemos una misión!
Luego hablamos de nuestro plan...

El uniforme

Cinturón naranja
Sombrero de paja con cinta naranja
Vestido

Recuerdo ponerme el uniforme de Darrell y jugar a ser alumna de Torres. ¡Ahora es realidad!
Uf... Pues a mí no me acaba de convencer.
¡A mí me encanta, como a Felicity!

Las mejores bromas

Las burbujas que explotan. Cómo olvidar esta broma... Mademoiselle Dupont no sabía de dónde venía tanto ruidito. «Ping, ping, ping». Cuando lo descubrió, acabó riéndose ella también.

Cursos atrás, una chica puso un vaso de agua en el marco de una puerta para que quien pasase por debajo se mojara. Pero se olvidó que el vaso estaba ahí y fue ella quien se empapó al abrir la puerta. **¡Menos mal que era verano!**

La nariz rota. Esta es una de las bromas más recordadas por las alumnas. Una fingió haberse roto la nariz en un partido de *lacrosse* para poder librarse de un examen. Para ello, se untó la cara con salsa de tomate, hizo un chasquido con la lengua y puso cara de dolor. Y sí, ¡consiguió engañar a los profesores!

Y muchas más que quedan por hacer...